23

책 들 이 머 무 는

공 간 으 로 의 여 행

23

책들이 머무는

공간으로의 여행

윤정인 · 글 이부록 · 그림

alma

책마을 가는 길

어릴 때 자주 드나들던 헌책방이 있었다. 작고 낡은 건물
이었다. 좁은 입구를 지나 어두컴컴한 계단을 내려가면 밖에서
봤던 것보다 두세 배는 더 큰 공간이 나왔다. 간헐적으로 깜빡
이는 형광등 아래서 수많은 책들이 반짝였다. 빼곡히 쌓인 책
들 사이를 거닐면 지하의 퀴퀴한 냄새와 오래된 종이 특유의
냄새가 뒤섞여 코를 찔렀고, 그제야 나는 안도감을 느끼며 책
을 둘러보곤 했다. 바닥에 쌓여 있는 책들 사이에 쪼그리고 앉
아 마음에 드는 제목을 가졌거나 흥미로운 구절이 담긴 책을
보면 바로 펼쳐 들었다. 당시 고역은 원하는 책을 다 살 수 없다
는 것이었다. 겨우 고른 책을 손에 들고 아쉬운 마음으로 책방

을 나설 때의 마음이 지금도 기억에 희미하게 남아 있다. 또 하나 어렴풋이 기억나는 것은 사람들로 항상 북적이던 책방 풍경이다.

세월이 지나 사람들이 책을 읽지 않고, 서점은 사라지고 있다는 소식이 들렸다. 서점은 추억의 일부가 되고, 무언지 알 수 없는 결핍은 인터넷의 편리함으로 대체되고 있을 때였다. 그 즈음, 한 서점이 사라지는 과정을 눈앞에서 목격했다. 같은 자리에 꽤 오래 있었던 작은 동네서점이었다. 유리창 너머로 수십 권의 책이 마구잡이로 쌓여 있는 것이 보였고, '점포 정리, 10~30% 세일'이라고 써 붙인 종이가 펄럭였다. 며칠 후, 서점이 있던 자리에 유명 화장품 브랜드숍이 들어섰다. 10년 이상 한자리를 굳건히 지켜왔던 서점은 그렇게 자취를 감추고 말았다.

그 사건은 내게 적지 않은 충격을 주었다. 추억에 묻혀 있던 안식처를 더이상 볼 수 없을지도 모른다는 위기감이 불현듯 덮쳐왔다. 10년 사이 서점의 3분의 2가 사라졌다. 프랜차이즈 커피숍으로 뒤덮인 골목길에서 서점은 희귀한 존재가 됐다. 온라인으로 책을 사는 경우가 늘면서 책과 직접 대면하는 순간조차 잊히고 있다. 책은 한 사람의 지혜가 집대성된 사물이다. 책을 만지고 펼쳤을 때, 마음에 닿는 구절이 나오면 그 책은 나의 책이 된다. 책과의 교감은 책을 대면했을 때만 느낄 수 있는 감정이어서 오로지 서점에서만 책의 존재를 생생하게 느낄 수 있다. 그저 앞만 보고 빠르게 달려가야만 하는 우리는, 느릴수록 깊이 들여다볼 수 있고 천천히 손으로 여러 번 뒤적여야만 좋은 책을 찾을 수 있는 서점에 점점 적응력을 잃어가고 있다.

당장 이런 현상을 별다르게 체감하지 못한 사람일지라도, 세계의 여러 책공간을 둘러본다면 우리나라 책방의 현실에 대해 다시 한 번 생각해보게 될지도 모른다. 헌책방 마을로 명성이 높은 영국 웨일스의 '헤이온와이Hay-On-Wye'나 헤밍웨이, 제임스 조이스 같은 유명 작가들이 들르곤 했다는 파리의 '셰익스피어 앤드 컴퍼니Shakespeare & Company', 150년의 역사를 자랑하는 포르투갈의 '렐루 서점Livraria Lello', 극장을 개조한 화려한 책방인 아르헨티나의 '엘 아테네오 그랜드 스플렌디드El Ateneo Grand Splendid' 등 전통 있는 책공간들은 도시의 자랑거리이자 자부심이며 그 나라의 책에 대한 정신을 엿볼 수 있는 상징이다. 전 세계의 책을 사랑하는 이들은 오로지 이들 서점 하나를 보기 위해 이 나라와 도시들을 찾는다. 화려하고 거대한 공간에 책들이 가득 차 있거나 오랜 시간 한자리를 지켜온 전통 있는 책방이 많은 것도 그렇지만, 무엇보다 부러운 것은 책방의 존재가 당연시되는 풍토와 책방을 지켜내려는 시민들의 마음가짐이다.

우리나라에 이런 책공간이 들어서는 것은 당장은 어려울 것으로 보인다. 대형서점과 온라인서점에서 모든 책을 줄 세워 판매한다. 팔기 위해서 기획되는 무분별한 책의 제작과 공급은 독자들로 하여금 책을 외면하게 한다. 작은 책방은 살아남기 위해서 좋은 책보다는 돈이 되는 문제집이나 참고서를 파는 데 우선해야만 하는 상황이다. 보존해야 할 것을 생각지 않은 채 당장 이익이 나지 않는 것은 없애버리는 풍토도 문제다. 동네서점에 대한 정부의 무관심 또한 한몫을 한다.

이런 척박한 환경에도 불구하고, 아직 희망은 있다. 책을 사랑하는 사람들의 주도하에 다양한 책공간이 생겨나고 있는 것이다. 전문서적을 다루는 이색 책방, 독립출판물만을 다루는 서점, 문화공간으로 변모하는 책방, 시골 마을의 폐교를 개조한 헌책방, 주민들을 위해 변화하는 도서관, 그리고 오랫동안 한자리를 꿋꿋이 지키고 있는 헌책방까지…. 사람들의 발걸음이 매일 서점으로 향하고, 마음에 드는 책을 스스로 골라 가슴에 품고 오는 방식으로 동네서점이 부흥하는 것이 가장 이상적일 테지만, 현실은 어렵다. 삶은 팍팍하고, 책으로만 눈을 돌리기에는 우리에게 주어진 선택지가 너무나 많다. 그래서 이처럼 사람들이 스스로 찾아오게끔 만드는 책방의 변화는 큰 의미가 있다.

집 앞 서점이 사라지는 것을 본 후 나는 살아 있는, 책이 있는 공간을 찾아다니기로 마음먹었다. 책방을 추억으로만 간직하고 있거나, 책방이 사라지는 것을 안타까워하는 사람들에게 우리 곁에 남아 있는 책방의 이야기를 전하고 싶었다.

예전의 깜박이는 형광등이나 퀴퀴한 종이 냄새가 나는 서점은 찾을 수 없었지만, 다른 종류의 안도감이 찾아들었다. 책을 사랑하는 사람이 있는 한 책방은 언제든, 어디서든 자라난다는 영원성을 확신한 데다, 다시금 책방의 매력에 푹 빠졌기 때문이다. 몇 군데 서점에서 오래된 책들을 발견하며 재미가 들린 나는 희귀한 책들을 찾아 나서기로 했다.

이 책을 쓰는 데 많은 도움을 받았다. 바쁜 시간을 내 아낌없이 책방에 대한 이야기를 들려주셨던 관계자분들이 없었다면 책을 쓰기 어려웠을 것이다. 따뜻하게 맞아주며 인터뷰에 응해주셨던 모든 분들에게 깊은 감사를 전한다.

책마을 가는 길

차례

9

골목 속 반짝이는 책공간

헌책방 및 동네서점

아벨서점

헬로 인디북스

책방 이음

땡스북스

인디고서원

이상한 나라의 헌책방

진주문고

헌책방 고구마

최인아 책방

인천 배다리 마을의 오래된 헌책방,
아벨서점

배다리 마을 입구에서 걸음을 잠시 멈췄다. 동인천역에서 꽤 걸어온 터였다. 이곳에 오기 위해 한복 거리로 유명한 중앙시장을 통과해야 했는데, 쇼윈도의 고운 빛깔 한복을 홀린 듯이 보며 걷다 보니 어느 순간 길이 뚝 끊기고 배다리 마을로 들어서게 된 것이다. 마을 입구에서 아벨서점까지는 금방이라고 했다. 마을 위를 가로지르는 경인선 철로에서 막 전철이 지나가는 소리가 들렸다.

배다리는 한때 우리나라 3대 헌책방 거리로 꼽힐 정도로 책이 넘쳐났던 곳이다. 한국전쟁 당시 전쟁 통에 버려진 책들이 대거 거리로 쏟아져 나왔고, 이를 파는 서적상들이 하나

둘씩 배다리 마을에 자리 잡았다. 《토지》의 박경리 작가 역시
1948년에 이곳에서 헌책방을 운영했던 것으로 알려져 있다. 어
려웠던 시절, 헌책을 구하기 위해 학생들과 지식인들이 이곳을
찾았다. 책과 사람들로 북적였던 1970년대에는 40여 개가 넘
는 책방이 이곳에 있었다. 지금은 겨우 대여섯 곳이 남아 그 명
맥을 유지하고 있을 뿐이다. 아벨서점은 1973년, 배다리 골목
에서 가장 마지막에 문을 연 헌책방이었다.

　　헌책방 거리엔 썰렁함이 감돌았다. 양철 로봇이 문 앞을
지키고 있다는 예술전시공간 '스페이스 빔'이 마을 어딘가에 있

고, 창영동의 역사를 그려넣은 벽화골목이 있다고 들었다. 산업화 후 배다리 마을은 쇠락해갔다. 엎친 데 덮친 격으로 2007년에는 산업도로 건설을 위해 마을이 철거되기 시작했다. 인천의 역사와 문화를 오롯이 담고 있는 이 마을을 살리기 위해 문화예술가들이 모였고, 마을을 정비했다. '배다리 역사문화마을'이라고 명칭을 붙이고, 마을 탐방 지도도 만들었다. '느릿느릿 배다리 씨와 헌책잔치'나 '배다리 Day 날마다 달마다' 같은 이색적인 문화 행사도 꾸준히 열었다. 마을에 다시 생기가 돌기 시작했다. 책방들 역시 마을 살리기에 적극적으로 동참하고 있다. 그럼에도 헌책방 거리만큼은 예전의 활력을 되찾지 못하고 있었다. 오로지 새로운 서점만이 비어 있는 건물 사이의 허전함을 채울 수 있을 것이다.

몇십 년째 자리를 지키고 있는 책방인 대창서림, 집현전을 지나 아벨서점 앞에 섰다. 책방이 거대한 책장으로 느껴진 것은 외관 벽면까지 빽빽하게 들어찬 책 무더기 때문이었다. 네모반듯한 직사각형 건물은 책으로 차곡차곡 쌓아 올린 블록 같다. 보통 내공을 가진 책방은 아닐 것이라 짐작했다. 입구 한쪽에는 시 낭송회 일정을 알리는 메모가, 간판 옆에는 서점의 모토인 '살아 있는 글들이 살아 있는 가슴에'라는 문구가 걸려 있었다.

카운터에서 한 점원이 헌책 표지를 닦고 있었다. 주인은 잠시 자리를 비운 모양이었다. 기다릴 겸 점원이 하는 작업을 구경하기로 했다. 진지한 표정으로 책의 단단한 겉면을 수세미로 깨끗이 닦아내고, 꼼꼼하게 수건으로 문지른다. 헌책을 관리하는 데는 생각보다 품이 많이 들었다. 책상 옆에는 수리를 기다리고 있는 책들이 한가득 쌓여 있었다. 헌책이 이렇게 순결해지는 과정을 거쳐 진열대에 놓인다는 것을 사람들이 과연 알지 의문이다. 우리에게 헌책이란 먼지가 수북이 쌓인 낡고 헌 것에 불과하지 않은가. 오래된 책의 퀴퀴한 냄새에 푹 빠진 마니아라든가, 희귀 초판본만을 찾는 책 수집가가 아니라면 비교적 말끔한 헌책을 선호할 것이다.

"헌책방이라고 하면 값싼 책을 사러 가는 곳으로 보통 생각하죠. 막 찍어낸 새 책이 좋다고들 하지만 '헌책방에서 만나는 새로운 책'은 그 이상이에요. 미처 손에 닿지 않아 읽지 못한 책들을 헌책방에서 만나게 되는 거죠. 헌것은 다 버려야 된다든가, 헌것은 다 구질구질하다든가…. 그건 아니라고 생각해요. 헌책방이 멋있는 곳이라는 것, 그걸 사람들에게 알리고 싶었어요."

40년간 아벨서점을 운영해온 곽현숙 씨는 누구보다 헌책에 애정이 깊어 보였다. 그도 그럴 것이 그녀의 인생 대부분은 책과 책방이 차지하고 있다. 우리나라 최초의 전집류나 하드커버 책들이 나올 무렵인 10대에 책 세일즈를 시작했고, 20대 때부터 책방을 운영했다. 헌책이 낡은 것만은 아니라는 것을 보여주기 위해 '아벨전시관'을 세웠고, 박경리 작가가 배다리 마을에서 헌책방을 했다는 이야기를 전해 듣고는 그 흔적을 추적해 사실임을 밝혀내기도 했다. 이따금 서점 관련 토론회에서 "지역마다 열린 책방이 힘 있게 제맛을 내야 한다"는 목소리도 내고 있다. 배다리 마을 하면 아벨서점이 가장 먼저 이야기되고, 전국 헌책방 명단에도 대표 격으로 이름이 올라 있다. 아벨서점 방문기가 책으로까지 출간되는 걸 보면 사람들에게 사랑받고 있는 공간임은 분명했다. 여기에는 아마 서점 주인의 헌책에 대한 열정이 큰 몫을 했을 것이다.

이야기를 나누던 중, 한 손님이 카운터로 다가와 책 한 무더기를 책상에 턱 하고 내려놨다. 그러고 나서 "한 번 더 서가에 다녀와야겠다"고 중얼거리곤 종종걸음으로 사라진다. 언뜻 보니 의학 관련 서적이 대부분이었다. "손님이 고른 책을 보면 무엇에 관심이 있고, 어떤 일을 하는 사람인지 대강 짐작이 가요. 그렇게 손님들의 관심사를 살피다 보면 책방에 어떤 책을 들여놔야 할지 감이 잡힌답니다."

그녀는 책을 한 권씩 꼼꼼히 체크했다. 카운터의 책을 정돈하는 데 제법 시간이 걸릴 것 같아 그동안 서점을 천천히 둘러보기로 했다.

서점 내부는 단단한 나무로 짠 서가가 이중, 삼중으로 자리를 차지하고 있었다. 책방이 그다지 크지는 않았지만 어찌나 꼼꼼하게 서가를 구성했는지, 벽의 틈조차 보이지 않을 정도였다. 카운터 쪽의 트인 공간에는 아동용 책이나 사전, 전집들이 주로 배치되어 있었고, 안쪽 서가에는 최신 출간 책부터 문학, 역사, 경제 등의 전문서적, 여행이나 예술에 관한 다양한 서적이 고루 있었다. 보통의 헌책방과 밀도는 비슷했지만 더 정갈하고 단정하게 느껴졌다. 사람들이 책을 펼쳐볼 수 있는 서가를 만들어야 한다는 책방 주인의 의지가 담겨 있기 때문일 것이다. 서점을 한 바퀴 돌아보고서야 온통 나무가 자리를 차지하고

있음을 깨달았다. 서가는 물론이요, 고동빛의 나무 천장이라든가, 나무 사다리, 그루터기 의자…. 그러고 보니 입구에서 나무 모양의 팻말을 본 게 기억났다. 책의 재료는 나무에서 얻고 있으니, 그 품 안에 책들이 안온하게 자리하고 있는 것을 표현한 것인지도 모르겠다.

　　그루터기 의자 옆에는 자리가 부족해 책장에 미처 들이지 못한 책들이 쌓여 있었다. 공통된 주제 없이 한데 묶여 있는 것을 보니, 누군가가 한꺼번에 책을 처분한 것 같았다. 서점 단골인 한 남자가 모처럼 서가를 정리할 마음이 생겨 팔 책을 고심 끝에 고른 후에, '아마 이 책들은 아벨서점에 가면 어떻게든 해

결할 수 있을 거야'라는 마음으로 묵직한 책 더미를 들고 이곳
을 찾았을 것이다. 헌책을 반납하고 새롭게 찾은 책을 들고서
가벼운 마음으로 서점을 나서는 사람의 모습이 절로 상상이 간
다. 그런 사람들의 손길이 담긴 책에 나는 둘러싸여 있었다.

　　거리는 한산했지만, 책방은 손님이 수시로 드나들었다. 서
가에 서서 책 표지를 손으로 훑어가며 원하는 책을 찾거나, 나

무 의자에 걸터앉아 책을 읽는 광경을 흔하게 볼 수 있다. 한 노신사는 두 권의 책을 가지런하게 모아 카운터에 내밀었고, 급하게 서점으로 뛰어 들어와 아들에게 선물할 〈해리 포터〉 시리즈 전권을 찾는 이도 있었다. "별일 없으시죠? 잘 계시는지 한번 들러봤어요." 고개를 스윽 내밀며 안부를 묻는 동네 사람도 있다.

서가에서 조지 오웰의 《파리와 런던의 밑바닥 생활》과, 《박물관에서 꺼내 온 철학 이야기》, 그리고 헌책방 관련 서적을 골라 카운터로 갔을 때, 곽 대표가 얇은 팸플릿을 건넸다. 표지에는 '배다리 시 낭송회'라는 제목이 큼지막하게 적혀 있었다.

"여기서 한 달에 한 번씩 시 낭송회를 열어요. 시간 날 때 한번 오세요."

배다리 시 낭송회는 유명 시인의 작품을 함께 읽거나 문인을 초대해 이야기를 나누는 행사다. 서점에서 조금 떨어진 아벨전시관의 2층 다락방에서 열리는데, 각종 시집과 문화예술 서적이 전시된 아늑한 공간이다. 얼마 전에는 고^故 박경리 선생을 기리는 특별 시 낭송회가 열리기도 했다.

아벨서점에서 나와 여전히 썰렁한 헌책방 거리를 걸으며 도쿄의 간다 고서점 거리를 생각했다. 약 150개의 특색 있는 서점이 즐비한 거리로 고서나 문학, 역사, 사진 등을 다루는 전문 서점이 많고 매년 100만 권의 책을 선보이는 고서 축제도 열린다. 부러움이 앞섰지만 이내, 아벨서점 같은 책방이 존재하는 것만으로도 어찌 됐건 좋은 일 아닌가 하는 생각이 들었다. 열정적인 서점 주인과 그를 응원하는 사람들이 있는 한 책방은 그 자리를 묵묵히 지켜나갈 것이다. 얼마나 시간이 걸리든, 그것이 책방 거리 부활의 시작점이 될지도 모를 일이다.

아벨서점
주소   인천시 동구 금곡로 5-1
연락처   032-766-9523
운영시간   월~토 10:00~19:00, 일 12:00~19:00 (목요일 휴무)

아벨서점 곽현숙 대표의 '좋은 책 고르는 방법'

　책방에 들어설 때, 우선 '알고 싶은 마음' 하나만 가지고 들어서면 됩니다. 그러면 자기에게 꼭 맞는 책을 만나게 돼 있거든요. 제가 10대일 때, 원하는 책을 만나게 되는 경우는 대개 이랬어요. 어떤 것에 대해 깊이 고민할 때, 무언가에 대해 심한 갈증을 느낄 때요. 그럴 때 자꾸 눈에 들어오는 책이 있거든요. 그걸 책장에서 빼서 목차를 보고 뒤적거리다 보면 어느새 가까워지고, 갖고 싶어지죠. 그렇게 산 책들은 영락없이 제 양분이 되었어요. 그런 식으로 10대에 직장을 다니며 모은 책이 100권쯤 되는데, 당시에 월급으로 책까지 산다는 건 힘든 일이었거든요. 생각해보면 그 책들이 저에게는 다 굉장한 책이 된 거예요. 결국 좋은 책을 고르는 건 누구라도 가능하다는 거죠.

배다리 마을의
헌책방

집현전
1950년대에 생긴, 배다리 마을에서 가장 오래된 헌책방이다. 전쟁 중 노점에서 책을 파는 것으로 시작해 몇 번의 이사 끝에 이곳에 자리 잡았다. 오랜 경험으로 다져진 노련미의 나이 지긋한 서점 주인이 자리를 지키고 있다. 주로 참고서나 사전, 도감류의 책을 다룬다.
주소 인천시 동구 금곡로 3
연락처 032-773-7526

대창서림
1969년에 생긴 오래된 곳으로 집현전 바로 옆에 있는 서점. 헌책방 거리에서 가장 먼저 만날 수 있는 서점이기도 하다. 참고서, 교과서를 주로 판매한다.
주소 인천시 동구 금곡로 1
연락처 032-773-8737

삼성서림
배다리 책방 중 규모가 가장 큰 헌책방. 47년간 책방을 운영해온 전 주인이 은퇴한 후, 새롭게 단장했다. 서점 천장에는 '독서할 때 당신은 항상 가장 좋은 친구와 함께 있다'라는 문구가 붙어 있다.
주소 인천시 동구 금곡로 9-1
연락처 032-762-1424

한미서점
1955년부터 자리를 지켜온 서점. 아버지가 운영하는 서점을 아들이 이어받아 운영하고 있다. 밝은 노란색의 이국적인 외관이 가장 먼저 눈에 들어오는데, 그 때문인지 드라마에 등장하기도 했다. '나만의 백과사전 만들기'나 '엄마의 책장' 등 이색적인 클래스를 운영한다.
주소 인천시 동구 금곡로 7-1
연락처 032-773-8448
운영시간 10:00(11:00)~21:30
홈페이지 http://booknstory.blog.me

나비날다 책방
기본적으로 헌책이 있는 공간이지만 누가 찾아오느냐에 따라 용도가 바뀐다. 여행객들이 차를 마시며 쉬어 가기도 하고, 주민들과 함께하는 독서 모임이 열리기도 한다. 느긋하게 이곳을 지키는 고양이는 책방의 마스코트.
주소 인천 동구 송림로 8

개성 만점 독립출판물의 집합소,
헬로 인디북스

전 세계에 이색 서점이 등장하고 있다는 뉴스가 간혹 나온다. 유형은 다양하다. 이를테면 페리에 책을 싣고 둥둥 떠다니는 물 위의 서점이라든가, 거대한 쇼핑센터와 결합한 서점, 심지어 얼마 전엔 원하는 책을 즉석에서 5분 만에 인쇄해주는 서점까지 파리에 등장했다. 서점의 이런 진화를 보면서, '그렇다면 책은?'이라는 의문이 들기 시작했다. 동굴벽화, 파피루스를 거쳐 인쇄 기술 및 제지술의 발달로 탄생한 종이책과 앞으로 대세가 된다는 전자책 사이에서 뜬금없이 툭 불거져 나온 것이 요즘 유행처럼 번져가는 '독립출판물'이다. 출판계의 돌연변이 같은 이 책을 다루는 서점 역시 전국적으로 늘어나고 있는 추세다.

독립출판물 전문 서점 헬로 인디북스에 들어섰을 때, 묘한 낯섦에 멈칫했다. 익숙하지 않은 무언가가 뇌를 간질이는 기분이 들었는데, 책 때문이었다. 사방의 벽에 책이 꽂혀 있는 풍경은 여느 서점과 비슷했다. 다른 점이라면, 크기가 제멋대로이거나 노트처럼 얇은 두께의 '책 같아 보이지 않는 책들'이 서가를 채우고 있다는 것이었다.

책이라고 하면 우리가 흔히 생각하는 규격이 있다. 직사각형 모양, 글의 양이나 사진의 위치, 목차와 기승전결의 구조, 독자의 시선을 끌기 위한 강렬하고 자극적인 제목 등. 이런 책의 형태가 갖추어지면 일정 부수 인쇄를 한다. 경쟁적으로 마케팅을 하고, 서점에 줄 세우고 판매한다. 한 달 정도 지나면 그 책은 소멸하기 시작한다. 독립출판물은 이런 상업적이고 일률적인 출판 시장에 염증을 느낀 사람들이 그 틀에서 벗어나 본인이 원하는 책을 만드는 일종의 작은 혁신이다. 출판사나 독자를 염두에 두지 않고 마음껏 글을 쓰고, 자기가 원하는 형태로 책을 만들어낸다. 책의 주제에 따라 같은 취향을 가진 독자층이 형성된다. 자본, 규격, 감시에서 벗어난 책들은 무척 자유로워 보였다.

　"독립출판물은 지식 서적도 아니고 전문가들이 내는 이론서도 아니에요. 남녀노소 누구나 낼 수 있는 책이죠. 가장 어린 제작자가 열일곱 살이고, 50대 아주머니가 만든 책도 있어요. 우리 주변에 있는 사람들이 만든 책이라 공감이 되고, 친근하게 느껴지는 거죠. 저 역시 이 책들을 보고 작가를 친구처럼 느낄 정도니까요."

　서점 대표 이보람 씨가 독립출판물의 매력을 안 것은 꽤 오래전부터다. 고등학생 때 《페이퍼》라는 잡지를 보고 '인생의 가장 큰 터닝 포인트'라고 여길 만큼 충격을 받는다. 그 후로 독립출판물을 꾸준히 모으기 시작했고, 그 이력은 독립출판서점을 차리는 것으로 이어진다.

　시작은 2013년 창전동에서였다. 작은 다락방 같은 공간이었지만 손님과 마주 보며 이런저런 이야기를 나눌 수 있는 아늑한 곳이었다. 1년 후, 더 넓은 연희동으로 자리를 옮겼다. 주말이면 사람이 가득 찰 정도로 독립출판물을 찾는 이들은 늘었다. 예전처럼 손님과 대화를 하는 것은 어려워졌지만, 이전보다 많은 책을 선보일 수 있기에 나쁘지 않다고 한다.

골목 속 반짝이는 책공간 .. 헌책방 및 동네서점

넓은 나무판자를 벽에 세워놓고 일정한 간격을 두고 덧댄 얇은 패널 위에 책을 올려놓았다. 헬로 인디북스의 서가는 소박했지만 화려했다. 이곳에선 모든 책을 표지가 보이게 진열해 놓는다. 이런 배치 방식은 책을 둘 공간이 부족해지는 대신, 책한 권 한 권을 소홀히 하지 않겠다는 주인의 마음을 고스란히 느끼게 해준다. 모든 책이 골고루 판매되는 기회를 얻음은 물론이다.

서가에는 여행, 사진 등 보편화된 취미를 위주로 한 책이 가장 많았다. 그 외에도 독특한 주제의 에세이, 그림책, 잡지가 많았는데 사실 여러 장르를 혼합한 형식이 많아 딱 잘라 구분할 수는 없다. 예컨대 이런 책들이다. 오로지 빛을 표현한 사진만을 수록한 책이 있는가 하면, 어떤 책은 카메라의 구조에 대해서만 다룬다. 자신만의 비밀 기지를 만드는 법을 다룬 책이나, 직장인들의 애환을 다룬《사표》라는 책도 신선하다(출판사 이름이 무려 절망북스다!). 잉여들을 위한 잡지《월간 잉여》나, 여자 66사이즈와 남자 100사이즈 이상을 위한 패션 잡지《66100》도 빼놓을 수 없다. 독립출판물로 만들 수 있는 책은 무궁무진해 보였다. 일기장에 끄적이거나 머릿속으로 혼자만 간직해왔던 개개인의 생각을 모두 인쇄해 내놓는다면 세상에는 얼마나 다양한 책이 존재하게 될 것인가. 베스트셀러는 의미가 없어지고, 사람들은 오직 취향에 따라 책을 선택하게 될 것이다. 이보람 씨에게 독립출판물이기에 가능한 책은 어떤 것이 있는지 물었다.

"본인의 취향뿐 아니라 가족에 대한 마음을 치료하는 책도 있어요. 《오빠일기》라는 책은 먼저 세상을 떠난 오빠의 초등학교 일기장과 사진을 엮어서 만든 책이에요. 오빠는 우리 가족 안에서만 알고 없어질 사람인데, 책을 내면 많은 사람들이 그 사람, 또는 본인의 가족을 다시 생각하는 계기가 될 수 있잖아요. 이런 책을 상업출판사에서 내주지는 않으니까요."

과거에 책이란 글에 재능이 있는 특별한 사람만이 쓸 수 있는 것이었다. 결정권이 있는 출판사의 안목에 따라 작가의 운명이 갈렸다. 조앤 롤링은 〈해리 포터〉 시리즈를 출간하기 전 열두 곳의 출판사로부터 거절당했고, 제인 오스틴 또한 《오만과 편견》의 초고를 퇴짜 맞았으며, 어니스트 헤밍웨이는 한 잡지 편집장으로부터 "이런 글재주로는 절대 작가가 될 수 없다"는 혹평을 받았다. 과거 유명 작가들은 출간에 이르기까지 여러 번 좌절을 겪는 것이 예사였다. 독립출판물의 등장으로 출

간의 벽은 더 낮아졌다. 언젠가 내 이름으로 낸 책 한 권쯤은 누구나 갖고 있는 때가 오지 않을까. 책이 본인의 신분을 확인하는 증명서처럼 따라붙을지도 모를 일이다.

이곳 서가의 또 한 가지 독특한 점은 책 표지에 붙어 있는 감상평이다. 다닥다닥 붙어 있는 포스트잇의 문구는 인터넷 댓글과도 비슷하다. 《19세 여고생》이라는 책에는 '싱그러운 도발' '공부는 싫지만 여고생은 언제나 좋다'라는 문구가, 체격이 큰 여자가 수영복을 입고 도발적인 포즈를 취하고 있는 《66100》에는 '그래, 바로 이거지' '자신 있게 말하는 그대 멋지다'라는 응원 문구가 붙어 있었다. 독자들의 솔직한 감상평은 관심 없는 책이라 할지라도 솔깃하게 만들 것이다.

　　서점 한쪽에는 일러스트 엽서나 수제 달력 같은 팬시상품
도 진열되어 있었다. 서점에서는 책 판매 외에도 사진이나 그림
전시를 진행하고, 독립출판물 마켓을 열기도 한다. 그리고 수
시로 책 제작자와 독자들이 모인다. 앞으로 어떤 책방이 되었
으면 좋겠느냐는 물음에 이보람 씨는 "책 제작자와 독자가 소
통할 수 있는 놀이터 같은 서점"이라고 말했다. 내 이야기 같은
소소한 이야깃거리들이 가득한 그곳. 요즘 같은 외로운 시대에
누군가는 이 서점에서 비슷한 생각을 가진 책을 만나 위로받을
수 있을 거라는 생각이 들었다.

헬로 인디북스
주소　　　서울시 마포구 동교로46길 33
운영시간　15:00~21:00 (화요일 휴무)
홈페이지　http://hello-indiebooks.com

독립출판물에 대하여

독립출판물이란?

'독립'이라는 이름에서 짐작할 수 있듯이 출판사나 편집자 등 누구의 도움이나 통제도 받지 않고 오로지 본인의 기획 의도에 따라 글을 쓰고, 편집하고, 책의 형태로 만들어내는 것을 말한다. 국립중앙도서관의 독립출판 특별 전시회에서는 독립출판을 "자본으로부터의 독립" "상업출판의 지배적인 책 형식으로부터의 독립"이라고 설명한다.

특히 독립출판물의 스펙트럼은 일반(상업) 출판물과 비교할 수 없을 만큼 넓다. 주제는 물론, 형식과 판형까지 제각각이다. 수요를 따져 발간 여부를 결정하는 상업출판과 달리 독립출판은 개인의 관심사에서부터 시작하기 때문에 개개인의 개성만큼이나 다양한 책이 출간되고 있다. 7, 8년 전부터 점점 활기를 띠기 시작해 현재 100여 개의 독립출판 전문 서점이 있으며, 책을 제작할 수 있도록 도와주는 프로그램도 증가하는 등 일반인들의 관심도 커지고 있다.

독립출판물을 만들고 싶다면

책을 만드는 과정 자체는 크게 어렵지 않다. 원하는 방향으로 책을 기획하고, 글을 쓴 후에 인디자인 등 간단한 편집 프로그램(워드 프로그램으로도 가능하다)으로 책 형태를 만든 후, 인쇄소에 출력을 맡기면 된다. 소량의 출력을 하는 인쇄소는 충무로에 많이 있으니 그곳에 문의하면 좋다. 생소한 이 과정이 어렵게 느껴진다면 독립출판서점에서 운영하는 '책 만들기' 프로그램에 참여하는 것도 하나의 방법이다.

출간한 책은 전국의 독립출판서점을 통해 판매할 수 있다. 대부분의 독립출판서점에서는 개인이 낸 출간물을 받아 전시, 판매하고 있다. 독립출판물 서점 목록은 스토리지북앤필름 서점이 블로그(http://blog.naver.com/jumpgyu)에서 꾸준히 업데이트하고 있다.

헬로 인디북스
이보람 대표가 추천하는
독립출판물

🗐 《강릉 가는 기차》
현재 독립출판물은 수요보다 공급이 많아지고 있다. 그만큼 비슷한 유형의 책도 늘고 있는 편이다. 원래 아무리 작은 책이라도 그 책만의 매력이 있을 거라는 생각을 갖고 있었는데, 그런 믿음을 잃고 있는 게 아닌가 싶을 무렵 이 책이 들어왔다. 《똥5줌》이라는 책으로도 유명한 임소라 씨가 제작한 책으로, 직접 바느질하고 사진을 붙여서 수제로 만든 것이 특징이다. 책을 넘기면 마치 한 편의 단편 영화를 보는 것 같은 느낌이 드는, 작가의 색깔이 뚜렷한 책이다.

🗐 《안녕, 둔촌주공아파트 3호》
둔촌주공아파트 재개발을 앞두고 이곳에서 20년을 산 이인규 씨가 기록을 남기고자 만든 매거진이다. 1, 2호가 사라지기 전의 아파트 풍경을 기록했다면, 3호는 조금 다른 시선에서 접근했다. 주제가 놀이터다. 아파트에는 원래 놀이터가 열두 곳 있었는데, 작년 가을에 안전법 위반으로

모두 철거됐다. 책은 철거되기 전 놀이터의 모습을 보여주는데 그게 너무 슬펐다. 사람들이 사는 곳을 추억하는 방법이라든가, 아이들이 어렸을 때 겪었던 에피소드 등이 나오며 내 삶의 터전이 없어지는 것을 원치 않는 마음이 잘 드러나서 그런 감정이 들었던 것 같다.

🗐 《Walk El Salvador》
워크진에서 매달 한 장소만을 촬영한 사진집이 발간된다. 그중 한 권인 엘살바도르 편 사진집인데, 보통의 여행 사진집이 관광지를 주로 촬영한다면 이 책은 도시의 일상적인 풍경을 담고 있다. 글이나 정보 없이 오로지 사진만 있다. 특히 사람 사진이 많은데 개인적으로 표정들이 너무 좋았다. 이 작가는 엘살바도르에서 오래 사신 분으로, 처음에는 치안이 불안해 집에만 머물며 나가지를 않았다고 한다. 그러다 이웃이 그를 집밖으로 끌어내주었고, 이후 그는 사람들 사진을 찍기 시작했다. 개인적으로 가장 좋아하는 사진집이기도 해서 작가분에게 요청해 서점에서 사진 전시회를 열기도 했다.

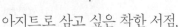

아지트로 삼고 싶은 착한 서점,
책방 이음

책방 이음 입구에는 신간 홍보차 책 표지를 크게 확대한 현수막이 붙어 있었다. 그 위에 있는 간판을 발견하지 못하고 그냥 지나칠 뻔했기에 안도의 한숨을 쉬었다. 오랜만에 온 대학로는 여전히 활력이 넘치는 거리였다. 삼삼오오 짝을 지어 공연장으로 향하는 젊은이들, 일렬로 늘어선 소극장과 프랜차이즈 가게, 공연 호객을 하기 위해 검은 유니폼을 입고 거리를 서성이는 사람들…. 책방 이음은 혜화역에서 가까웠다. 다만 큰 거리에서 약간 틀어진 골목 안에 있어서, 이 서점에 가야겠다는 목적을 갖지 않고서야 우연히 발견하기란 어려워 보였다. 마치 이 공간만이 투명한 막에 둘러싸여 있어서 특별한 사람들만 볼 수 있는 것 같았다. 그러고 보니 한번 이곳을 찾은 사람들은 마법처럼 이 서점을 꾸준히 방문하고 있었다. 인터넷에서 본, 서점에 대한 평이 기억났다. 사람들은 서점의 미묘한 변화까지 기억하고 반가워했다. 예를 들어 의자의 위치가 바뀌었다든가, 서가의 구성이 약간 달라졌다든가 하는….

지하로 내려가자 머리끝을 초록색으로 물들인 개성 넘치는 점원이 책을 정돈하고 있었고, 서너 명의 사람이 띄엄띄엄 서서 책을 보고 있었다. 내부는 크지도, 그렇다고 아주 작지도 않았는데, 짙은 회색빛 바닥과 긴 직사각형의 공간 덕분인지 안정감을 주었다. "서점 주인은 먼저 온 손님과 이야기 중이라 잠시 기다려야겠다"고 점원이 일러주기에 서가를 잠깐 둘러보기로 했다. 가운데 있는 평대를 중심으로 서가는 크게 양쪽으로 나뉘어져 있었다. 평대는 대부분 신간 위주였고, 왼쪽은 문학이나 에세이류가, 오른쪽은 역사나 철학 같은 인문학 분야 책이 진열되어 있었다. 서가 끝에는 색연필로 투박하게 그려넣은 서가 지도가 있었는데, 주제나 분야별로 나름 꼼꼼하게 분류한 것이 인상적이었다. 예컨대 과학 분야의 경우 동물, 과학기술, 자연과학, 식물로 분류했고, 예술은 건축, 사진, 디자인, 예술가, 음악 등으로 구분했다.

책장 사이의 공간은 한 사람이 겨우 지나갈 만큼 좁았다. 책을 구경하는 데는 오히려 이편이 좋겠다는 생각이 든 것은 개인 서재처럼 은밀한 느낌이 들었기 때문이다. 대신 책장 주위에는 편하게 책을 볼 수 있도록 안락한 의자를 배치해놓았다. 다시 카운터 쪽으로 돌아왔을 때, 곽재구 시인의 책에서 인용한 글귀가 눈에 띄었다. "서점은 인간의 영혼을 파는 가게이다… 낯선 여행지의 가장 고요하고 아름다운 장소에 자리한 가게가 서점이었으면 하고 생각한다." 서점을 사랑하는 사람은 서점의 존재 가치를 알고, 그 어떤 것보다 서점을 귀중히 여긴다. 책방 이음은 그런 사람들에 의해 지금껏 존재해왔다.

"2005년 가을에 문을 열었는데, 2009년에 경영난으로 문 닫을 위기에 놓이게 됐어요. 그때 이 서점을 좋아하는 시인, 소설가 들이 기금을 마련하는 행사도 하고, 이음아트 살리기 운영회도 만들었는데 잘 안 됐죠. 당시 저도 운영회 위원이었는데 책임감을 느끼면서, '서점은 개인의 희생보다 많은 사람의 힘과 애정을 쏟아서 운영하는 게 맞지 않나' 하는 생각을 하게 됐어요. 그래서 당시 제가 속해 있던 비영리단체 '나와 우리'에서 이 서점을 맡게 됐고, 비영리 공익 서점으로 탈바꿈하게 된

거죠."

　책방 이음 대표 조진석 씨는 차분하게 서점에 대해 이야기를 꺼냈다. '공익 서점'이라는 개념이 조금은 생소하다. 도서관과 서점의 중간 정도 성격이라고 해야 할까. 그의 설명에 의하면 책을 들여놓고 판매하는 것은 일반 서점과 다를 바 없지만, 운영 방식이 조금 다르다고 했다. 서점이 계속 유지되기를 바라는 사람들의 자원이 들어가는 것이다.

　"매달 1만 원, 2만 원씩 재정적으로 후원해주시는 분들이 있고요, 시간을 내 서점에서 자원봉사를 해주시는 분들과 책을 지속적으로 구입해주시는 분들이 있어요. 이런 사람들의

관심과 애정이 서점을 계속 이 자리에 있게 하는 거죠."

물론 받기만 하는 것은 아니다. 수익 중 서점을 운영하는데 필요한 비용 외에 나머지는 공익 활동으로 사용한다.《플라톤 전집》처럼 세상에 꼭 필요한 책을 출간하도록 지원하거나, 독자와 저자의 만남이 있을 때 서점 공간을 무료로 빌려주기도한다. 인근 작은 도서관 네 곳을 재정적으로 돕고, 인문, 사회, 과학 분야 학생들을 인턴으로 선발해 장학금을 지원하는 일도 하고 있다. 서점, 출판사, 독자, 저자는 모두 출판 생태계의구성원이기에 서로 공생해야 하며, 이 서점의 공익적인 활동은출판 생태계를 복원하기 위한 것이라고 그는 덧붙였다.

"저기… 제가 구하고 싶은 책이 있는데, 여기엔 없는 것 같아서요."

한 중년 여성이 카운터에서 높은 톤의 목소리로 물어 잠시 이야기가 중단됐다.

"뭘 찾으시는데요?"

"《홍루몽》이요."

"음… 《홍루몽》은 주문해야겠네요. 출판사가 두 곳 정도 있을 겁니다."

조진석 씨가 잰걸음으로 카운터로 가 메모하는 모습이 보였다.

그가 자리를 뜨고서야 어느 도시의 야경 사진이 눈에 들어왔다. 책방 이음의 또다른 공간, 갤러리에 내가 앉아 있었음을 그제야 알아챘다. 야경 사진 옆에는 낡은 대문 앞에 서서 활짝 웃고 있는 할머니, 장난기 가득한 포즈를 취하고 있는 아이들 사진이 있었다. 서점의 가장 끝에 있는 이 갤러리에서는 정기적으로 전시회가 열린다. 이곳은 길쭉한 서가와는 달리 트인 공간인 데다 벽에 흰색 페인트를 칠하고 개별 조명을 걸어둬서 독립된 공간처럼 느껴졌다. 주로 공공전시가 열리는데, 이번 주제는 최인기 빈민운동가의 '장수 마을 사람들'이었다.

자리로 돌아온 그에게 이곳을 찾는 손님에 대해 물었다.

"2~30대가 이곳을 많이 찾는데, 재밌게도 이곳에서 첫 데이트를 하고 싶다는 사람이 꽤 있어요. 엄마 배 속에 있을 때부터 이 서점을 다닌 아이는 백일, 돌잔치까지 여기서 치렀어요. 여기를 한번 찾은 분들은 계속 찾으면서 만족감을 느끼시는 것 같아요. 누구에게 소개를 하고 싶은 공간, 혹은 나만이 아는 공간으로 계속 남았으면 좋겠다는 사람도 있는 걸 보면요."

그의 말을 들어서일까. 한번 들어온 사람들은 이곳에 오래 머무르는 것 같았다. 몇 차례 사람들이 들락날락하긴 했지만 일정한 수의 사람들은 항상 있었다. 이 서점에는 참고서나 문제집, 자기계발서는 들여놓지 않는다고 했다. 그런 책을 판매하는 서점도 필요하겠지만 이미 이 동네의 다른 서점이 그런 류의 책을 판매하고 있기에 굳이 들여놓을 필요성을 못 느낀단다. 책방 이음은 사람과 사람이 만나는 서점, 우리 사회를 이야기할 수 있는 서점을 염두에 두고 서가를 짰다. 사람들은 이런 진지한 서가에 목말라했는지도 모른다.

서점에는 여러 컬렉션이 있는데, 주목할 만한 책이 나올 때마다 테마가 바뀐다. 입구에 있는 코너는 서점의 정체성을 보여줄 수 있는 곳이라 서점 주인이 신경 써서 책을 배치한다. 지금은 '녹색평론 김종철 저자 특별전'이 열리고 있었다. 《발언》《땅의 옹호》라는 책 옆에 '지금 우리에게 가장 필요한 것은 경제성장을 넘은 세상에 대한 새로운 상상력이다'라는 홍보 문구가 눈에 띈다. 그 외에도 그림책 작가 이보나 흐미엘레프스카 사인회나 인문사회 강좌를 알리는 포스터, 위기에 처한 고래를 구하자는 핫핑크돌핀스의 핑크색 포스터가 책장 이곳저곳에 붙어 있었다.

나는 수전 손태그의 책을 모아놓은 책장에서 《다시 태어나다》라는 일기 모음집을 발견했다. 죽기 전까지 그녀가 아무에게도 밝히지 않았던 성장기 시절부터의 모든 비밀이 담긴 책이었다. 사실 책을 고르기까지 서가 몇 바퀴를 돌아야 했는데, 눈에 띄는 책을 단번에 선택하기보다는 여러 권의 책을 놓고 탐구한다는 기분으로 봐야 했기 때문이다. 서가 사이의 비좁은 공간이 마음에 들어 한참을 앉아 있고 싶기도 했다. 이곳은 만남을 위한 장소로 적합하지 않다. 혼자 몇 시간이고 아무 생각 없이 책에 둘러싸여 있고 싶을 때 다시 방문해야겠다는 생각이 들었다.

책방 이음

주소   서울시 종로구 대학로14길 12-1
연락처   02-766-9992
운영시간 수~토 11:00~22:00, 일~화 13:00~19:00
홈페이지 http://cafe.naver.com/eumartbook

골목 속 반짝이는 책공간 .. 헌책방 및 동네서점

책방 이음
조진석 대표가
추천하는 책

《무소유》/법정/범우사

사지는 않더라도 읽어봤으면 좋겠다. 50년 정도 지난 책인데, 당시에도 사람들의 소유욕이 사회에서 문제가 됐을 때라는 거다. 욕망은 부로, 부는 더 많은 상품을 구입하고 소유하는 것으로 귀결된다. 그 소유욕을 근본적으로 어떻게 할 것인가에 대해서 자신에게 필요한 것만 간소하게 가지라는 이야기를 하고 있다. 예로 난에 대한 이야기가 나오는데, 난을 좋아하기에 자신이 묶여버린다는 것이다. 꼭 그걸 소유해야 하는가, 어느 순간 내가 그 소유에 얽매여 잘못 살고 있는 것은 아닌가, 하는 깨우침을 얻게 된다. 앞으로 그런 울림은 더 커질 것이라고 생각한다.

《녹색평론》/녹색평론 편집부/녹색평론사

우리의 가장 큰 위기는 생태적인 위기다. 인간은 살아갈 수 있는 터전을 생존이 아닌 자본을 위해서 끊임없이 파괴하고 있다. 인간의 이런 행태에 대한 경고를 통해 이 같은 위기 상황에서 우리가 할 수 있는 것이 무엇인지를 사람들에게 끊임없이 호소하는 격월간지다.

《김우창 전집》/김우창/민음사

김우창 평론가가 60년대부터 써온 원고를 모두 엮은 책이다. 그는 돈을 투자해서 그물을 짓는 방식에 대해서가 아니라, 삶의 균형을 위해 생각해야 할 것은 무엇인지, 그걸 충족하기 위해 최소한 어떤 파괴를 하고 새로운 생성을 할 것인가와 같은 이야기를 끊임없이 해왔다. 인간을 둘러싼 사회 세계를 어떻게 만들어가야 할지에 관해 칼럼으로 풀어내고 있다.

※ 사람들이 이 세 권의 책을 많이 봤으면 하는데, 《무소유》는 팔지 않고(절판), 《녹색평론》의 독자는 많지 않고, 《김우창 전집》은 한 번도 팔아본 적이 없다.

대학로에 있는 서점

책방 풀무질

30년 넘게 자리를 지켜온 서점. 인문,

사회, 과학 도서를 주로 다루고, 가치
있는 책만을 선정해 내놓는다. 한 달에
한 번씩 글쓰기, 독서 모임 등 책과 관
련된 다양한 프로그램이 열리고 있다.

주소 서울시 종로구 성균관로 19

연락처 02-745-8891

운영시간 09:00~23:00 (토, 일 12:00~
21:00)

홈페이지 http://cafe.daum.net/pool-
moojil

🗒 동양서림

1953년에 문을 연 오래된 서점으로
긴 세월 동안 혜화동 로터리에 그대
로 자리하고 있다. 전통을 지키면서
동네서점의 역할에 충실하기 위해 노
력하고 있다. 영화 <바보들의 행진>
에서 주인공 병태가 《이방인》을 사기
위해 들렀던 서점으로도 유명하다.

주소 서울시 종로구 창경궁로 271-1

연락처 02-762-0715

운영시간 월~금 09:30까지, 토 20:30
까지 (일요일 휴무)

홈페이지 http://blog.naver.com/
dilek_choi

북 큐레이션 서점,
땡스북스

　'동네서점의 새로운 변신'이라는 주제로 종이에 서점 리스트를 적어본다면, 가장 앞자리를 차지할 곳은 단연 땡스북스일 것이다. 올해 7년 차인 이 서점은 전통 있는 서점에 비해 짧은 역사를 가지고 있지만 동네서점의 새로운 스타일을 주도했다는 점에서 사람들의 주목을 받았다. 감각적인 인테리어와 책방 직원들이 선정한 특별한 책을 만나기 위해, 이곳을 사랑하는 사람들은 퇴근 후나 시간 날 때마다 이 서점을 즐겨 찾는다.

　홍대 번화가에 있는 이 서점을 찾아간 건 오전 11시 정도였고, 거리는 한산했다. 서점 건물은 세련된 갤러리나 숍처럼 보

골목 속 반짝이는 책공간 .. 헌책방 및 동네서점

였는데, 'THANKS BOOKS'라고 적힌 노란 간판이나 쇼윈도에 진열된 책이 아니었다면 책이 있는 공간이라고는 생각지 못했을 것이다. 쇼윈도에는 《식물수집가》《우리가 참 아끼던 사람》《한나 아렌트의 말》 같은 책이 진열되어 있고, 유리창 너머로 형형색색의 책 표지가 뚜렷하게 보인다. 유리창 안에 상품을 진열하는 것은 오늘날 당연한 홍보 방식이지만, 유리가 없던 시절에는 책을 진열하는 데 여러 제약이 있었다.

16세기 베네치아의 메르체리에Mercerie 거리는 수많은 상점이 즐비하게 들어선 번화가였다. 특히 그곳에는 수십 개의 화려한 서점이 있었다. 당시는 유리판 제작 기술이 발달하기 전이어서, 개방된 진열장 위에 책을 전시해야 했다. 거기에는 여러 위험이 따랐다. 햇볕과 비로부터 책을 보호해야 했기에 서점 앞에 차양을 드리웠으며 절도를 막기 위해 책 표지만을 전시해두기도 했다. 비교적 절도의 위험이 적은 진열대에만 낱장의 책이나 제본이 되어 있는 책을 펼쳐놓았다. 어떤 책을 판매하는지 한눈에 보기 힘든 상황을 고려해 판매할 책의 정보가 있는 목록표는 항상 진열대에 두었다.

건물 깊숙한 곳에 있는 책방에 들어서니 애서가의 서재처

럼 안락하다는 느낌이 먼저 든다. 정갈하게 책이 꽂힌 원목 책
장과 테이블, 지그재그로 내려온 은은한 조명이 아늑한 분위
기를 자아내고, 그 안에서 직원들이 분주하게 움직이고 있다.
몇 명은 벽에 바짝 다가서서 뭔가를 붙이고 있었는데, 특별한
전시회를 위한 것이다. 땡스북스는 매달 주제에 따라 책을 선
정하고, 내용에 맞춰 벽을 장식한다. 예를 들어 '한국 작가가
읽은 세계문학'이라는 주제로 황석영, 김영하 등 20여 명의 작
가들이 소개하는 문학작품을 전시하기도 했고, 프로파간다나
큐리어스 같은 작지만 탄탄한 출판사의 작품을 소개하는 시간
도 가졌다. 독일의 세계적인 음반사 ECM의 레코드를 전시하거
나, 한국 사람의 24시간을 인포그래픽로 표현하는 등 예술과
사회 이슈에 대한 주제를 다루기도 한다. '북 큐레이션을 해주
는 서점'은 땡스북스의 중요한 정체성 중 하나다. 하루에 수백
권씩 신간이 쏟아지는 환경에서 책의 안내자를 자처하는 이런
서점은 젊은 세대를 중심으로 하나의 문화공간으로 자리 잡았
다. 이들은 자신과 취향이 비슷한 서점을 골라 수시로 드나들
며 책으로 생각을 주고받고, 책과 관련된 행사에 적극적으로
참여한다.

벽을 활용한 전시 역시 서점이 추구하는 가치나 꼭 소개

하고 싶은 좋은 책을 색다르게 알려줄 수 있는 방식 중 하나다. 얼마 뒤 전시 준비가 끝났는지 직원들이 벽에서 조금 떨어져서는 완성된 작품을 검토하고 있다. 알록달록한 장식 옆에는 '사유하는 그림책 읽기'라는 문구와 함께 프랑스 작가 로랑 모로의 그림책이 전시되어 있었다.

"5년간 이 전시를 해왔어요. 벽과 입구 쪽 테이블은 정기적으로 변화를 주고 있는데, 특별한 책이 돋보일 수 있는 일종의 장치예요. 책으로 볼거리를 제공하는 것이 다른 서점과 차별화된 점이기도 하고요. 책으로 서점 안을 다 메우면 그 책이 중요하지 우리 목소리를 내기는 힘드니까요. 그런 측면에서 '북 큐레이션'이라는 걸 하고 있는 거죠."

땡스북스 대표 이기섭 씨의 이야기를 들으며, 어떤 목적으로 서점에 가는지에 대해 생각했다. 한 작가의 책을 독파하고 싶다든가, 미리 정해놓은 책을 사려면 인터넷으로 충분하다. 서점에 가는 것은 생각지 못한 책을 발견하기 위해서, 혹은 내 생각을 대신 해주는 책을 찾기 위해서 등 여러 이유가 있을 테지만, 실은 별다른 목적 없이 찾는 것인지도 모르겠다. 단골 서점에 가서 순간 마음에 들어오는 책을 잔뜩 살 수도 있고, 책이 가득한 곳에서 쉴 수도 있다. 집에 별도로 서재를 갖춰놓지 않아도 동네서점이 내 서재가 되는 것이다.

취재를 할 때마다 대부분의 서점 주인들은 땡스북스를 언급했다. "땡스북스를 참고해서 만든" "땡스북스 같은 동네서점을 꿈꾸는" 서점들이 많은 걸로 보아 많은 서점들에 영향을 준 것이 분명했다.

"타이밍이 잘 맞았어요. 우리가 오픈할 무렵이 동네서점이 사라져가는 시기였죠. 90년대만 해도 서점은 문화공간이라기보다는 베스트셀러, 참고서, 잡지가 중심이었고, 쉼터라든가 문화적 자극을 주는 장치는 부족했어요. 서비스업이 확대되면서 서점 역시 자연스럽게 변화가 필요한 상황이 됐는데 땡스북스는 그런 모양새를 일찍 보여줬을 뿐이에요. 동네서점의 대표라고 이야기되는 게 개인적으로는 영광이죠."

단기간에 유명 서점이 됐지만 이기섭 씨는 처음부터 책방을 할 생각은 아니었다고 한다. 물론 책을 좋아하고 책방에 관심이 있던 그였지만 본업이 되리라고는 생각지 않았다. 기회는 우연히 찾아왔다.

"이 건물 주인인 갤러리 관장님이 카페를 정리하고 다른 업종을 고민할 때 제가 서점을 해보지 않겠느냐고 권했어요.

당시 홍대 앞 서점이 없어질 무렵이기도 했고, 외국 출장을 다
닐 때마다 좋은 서점들을 많이 봤었거든요. 우리나라에도 이
런 서점이 있으면 좋겠다는 생각을 줄곧 해서 기획해드렸는데,
본인이 못 하겠다고… 임대료를 싸게 줄 테니 제게 해보라고 하
시더라고요. 당사자가 안 한다고 하니 아쉬운 마음에 제가 하
게 됐죠.”

　내부에는 서점의 상징 같은 노란 팻말들이 곳곳에 놓여
있었다. 'no book no life'라는 문구나 '땡스북스 홍대점은 동
네서점의 롤모델을 지향합니다'와 같은 공익적인 문구는 단지

멋으로만 장식해둔 것은 아니다. '동네서점'이라는 말의 '동네'가 전에는 단지 위치의 의미로만 쓰였다면, 요즘은 공익적인 의미가 더해진 것 같다. 서점 혼자가 아닌 동네와 함께 성장하는 것에 보다 집중한다. 서점이 들어섬으로써 주민들의 문화 환경이 풍요로워지고, 찾아오는 이들이 늘면서 동네 상권도 활성화된다. 땡스북스가 처음 서점을 차릴 때 동네에서 만든 인테리어 소품을 구입하고, 홍대에 있는 출판사의 책을 더 많이 진열했다. 홍대의 특성에 맞는 디자인 서가를 별도로 두고 있는 것도 그 일환이다.

서가는 크게 벽의 책장과 평대로 나뉘어져 있었다. 책장에 있는 책들은 분야별로 분류돼 있고, 평대에 있는 책들은 테마를 갖고 있다. 책을 훑어보기 좋은 구조인 것 같기도 했는데, 입구에 들어섰을 때 가장 먼저 보이는 '이달의 테마 전시'를 살펴보고 나면 바로 옆 '이슈별로 모아놓은 책'에 저절로 눈이 가게된다. 평대를 돌아 '금주의 책'을 둘러보고, 밀란 쿤데라 전집이나 디자인 잡지를 뒤적이다 보면 유형별로 책이 정리된 서가를만날 수 있다. 여기서 마음에 드는 책을 골라 바로 뒤에 있는테이블에 앉아 차를 마시며 책을 읽는 것도 좋겠다. 서가 분류도 개성 있다. 라이프스타일, 교양, 브랜딩, 여행 등의 카테고리는 형식적이지 않고 요즘 젊은 세대의 관심사와 맞아떨어진다. 땡스북스에서 잘 팔리는 책이 어떤 것들인지 궁금해 스테디셀러 코너에 가보니, 일반적인 베스트셀러와 차이가 있다. 《회사 가기 싫은 날》《낙서 마스터》《태도에 관하여》 같은 감정에 충실한 책들이 많았는데, 위로받고 고민의 해답을 찾기 위해 사람들은 이곳에 오는 게 아닐까 하는 생각이 든다. 물론 서점의 '북 큐레이팅'에 받는 영향도 배제할 수 없다.

서점 문을 연 지 얼마 되지 않아 금세 몇 명의 사람이 들어왔다. 하루 평균 200명이 이곳을 찾는다고 하니, 호기심에 들르는 사람도 있을 것이고 단골 역시 상당할 것이다. 들어온 사람들은 슥 훑어보는 것이 아니라, 한곳에 자리를 잡고 긴 시간 책을 들여다보았다. 그들에 섞여 서가를 몇 번 돌다 보니 '자발적 외톨이'라는 테마를 가진 평대에 자꾸 눈길이 갔는데, 얼마 전부터 고독과 관련된 문구들을 우연찮게 책에서 발견했기 때문이었다. 젊은 시인에게 보내는 편지에서 릴케는 "어렵지만 고독을 사랑하고 견디라"고 이야기했고, 《잘라라, 기도하는 그 손을》이란 책에 의하면 스테판 말라르메는 폴 발레리에게 "고독이 하는 말을 듣도록"이라고 말했다고 한다. 결국 내가 서점에

들르는 이유는 하고 싶은 말을 대신 해주는 책을 찾기 위해서
라고 결론지으며, 평대 위에 있던 《고독의 위로》를 구입했다.

땡스북스
연락처   02-325-0321
주소   서울시 마포구 잔다리로 28 더갤러리 1층
운영시간 12:00~21:30 (매월 마지막 주 월요일 휴무)
홈페이지 http://thanksbooks.com

골목 속 반짝이는 책공간 .. 헌책방 및 동네서점

⬚ 《삶의 격:존엄성을 지키며 살아가는 방법》/페터 비에리/은행나무

존엄성에 관한 다양한 문제를 다루고 있는 책이다. 쉽게 읽히는 책은 아닌데, 글이 지루해서가 아니라 생각할 시간이 필요하기 때문이다. 페터 비에리는 자아를 가지고 사회 속에서 살아가는 인간의 기본적인 특성에 대해 이야기하면서, '남이 나를 어떻게 대하는가? 나는 남을 어떻게 대하는가? 그리고 나는 나를 어떻게 대하는가?'라는 세 가지 관점으로 인간의 존엄성 문제를 바라본다. 먹고사는 문제가 절실한 삶에는 인간의 존엄성이 들어설 자리가 없다고 생각하기 쉽다. 어렵고 추상적이기 때문이다. 하지만 존엄성이라는 단어의 무게감에서 벗어나면 조금 쉬워진다. 페터 비에리는 우리를 그 길로 안내한다. 풍부한 예시와 논증을 통해 여러 가지 입장을 소개하고 독자가 자신의 입장을 정리하고 선택할 수 있는 기회를 마련해주는 책이다.

⬚ 《낡은 것들의 힘》/에밀리 스피백/한스미디어

내가 좋아하는 책 중 하나다. 물건을 잘 버리지 못하는 내게 면죄부를 준 책이라고 할 수 있다. 크리에이터 67명의 낡은 옷에 대한 이야기가 담겨 있는데, 각자 자신의 추억이 담긴 낡은 의류를 소개하며 그것에 얽힌 흥미진진한 이야기를 풀어놓는다. 누구나 공감할 수 있는 인간적인 이야기들인 동시에 그들만의 예술적 취향이나 가치관이 드러나는 에피소드들이어서 더욱 흥미롭다.

⬚ 《인생 따위 엿이나 먹어라》/마루야마 겐지/바다출판사

철저히 실천적으로 살아온 마루야마 겐지가 위안으로 세상에 안주하려는 사람들에게 과격하고 불편한 직언을 날린다. 누군들 자신의 인생을 살고 싶지 않은 사람이 있겠느냐만 그게 말처럼 쉽지만은 않다. 하지만 작가는 부모, 악랄하고 뻔뻔한 사회, 종교, 학교 등을 과감히 끊어내야 한다고 말하는 등 자신의 인생을 살라고 전하고 있다. 남의 손에 급소를 내준 연약한 인생을 살기 싫다면 마루야마 겐지의 이 책을 만나보길 권한다.

마포구, 서대문구의 동네책방

헌책방, 오래된 서점

공씨 책방

경희대 인근에서 처음 문을 연 후 40년 넘게 운영되고 있는 오래된 헌책방이다. 모든 책을 닥치는 대로 수집해 '개미귀신 굴' 모양의 책방을 만들어 낸 고故 공진석 씨의 애정이 듬뿍 담긴 책방으로도 알려져 있다. 희귀한 헌책뿐 아니라 LP판 등 옛 음반도 구할 수 있다.

주소 서울시 서대문구 신촌로 51
연락처 02-336-3058
운영시간 10:30~21:30

정은서점

45년간 헌책을 팔아온 주인의 노하우가 집약된 책방이다. 다양한 유형의 서적은 물론 희귀한 고서도 두루 소장하고 있다.

주소 서울시 서대문구 연희로 183 시아루비움 지하1층
연락처 02-323-3085
운영시간 13:00~19:00
홈페이지 http://www.jbstore.co.kr

숨어 있는 책

약 8만 권의 책을 소장한 18년 된 헌책방. 인문, 예술 서적 등 남다른 안목을 가진 책방 주인이 좋은 책을 선별하는 것으로 유명해 아끼는 이들이 많다.

주소 서울시 마포구 신촌로12길 30
연락처 02-333-1041

홍익문고

단순히 서점이 아닌 만남의 장소, 혹은 신촌의 상징과도 같은 서점이다. 한때 철거될 위험에 처하기도 했지만 다행히 시민들의 반대로 무산되었고, 50년 넘게 그 자리에 머물고 있다. 대형서점다운 4층 규모에 다양한 유형의 책들을 잘 정돈해 비치하고 있다.

주소 서울시 서대문구 연세로 2
연락처 02-392-2020
운영시간 09:00~21:00
홈페이지 http://cafe.naver.com/hongikbook

글벗서점

40년간 자리를 지켜온 헌책방. 최근 공씨 책방 맞은편으로 자리를 옮겼다.

주소 서울시 마포구 신촌로 48
연락처 02-333-1382

독립출판서점

📖 책방 만일

서점의 이름처럼 '책을 통해 만일의
세계를 상상하는 것'을 콘셉트로 한
동네책방이다. 이 책방에서 이야기
하고 있는 '만일'이란 지금과는 다른
삶, 즉 만일의 밥상, 일터, 소비, 동네,
사회를 일컫는다. 이에 사회적 이슈
나 환경, 문학과 관련된 책을 주로 다
룬다.

주소 서울시 마포구 희우정로 16길 46
연락처 070-4143-7928
운영시간 14:00~20:00 (일, 월 휴무)
페이스북 facebook.com/manil-
books

주제가 있는 서점

📖 온고당서점

30년 넘게 홍대 앞을 지키고 있는 서
점. 주로 패션, 인테리어, 디자인 관
련 외국 서적을 취급한다. 쇼윈도에
전시된 예술책이 감각적으로 느껴지
는 이 서점은 디자이너부터 다양한
예술 분야 전문가들이 주로 찾는다.
오래된 헌책들도 저렴한 가격에 판매
한다.

주소 서울시 마포구 독막로 3길 28-17
연락처 02-332-9313
운영시간 11:00~21:00
홈페이지 http://www.ongodang-
book.co.kr

📖 짐프리

여행을 좋아하는 서점 주인이 차린
여행 전문 독립출판서점. 독립출판
물 및 여행서적을 주로 다룬다. 책을
파는 것뿐 아니라, 여행자를 위한 짐
보관, 짐 수탁 서비스 등을 제공해 여
행자의 고충을 덜어주는 것도 이색적
이다. 여행 정보 공유를 하는 '짐프리
투어토크'나 '나만의 책 만들기' 등
책과 여행에 관련된 프로그램도 운
영하고 있다.

주소 서울시 마포구 양화로 156 LG팰
리스빌딩 지하2층 222호
연락처 02-322-1816
운영시간 09:00~23:00
홈페이지 http://www.zimfree.com

📖 정원이 있는 국민 책방

조경 전문가가 연 정원이 있는 북카페
책방이다. 정원 및 예술 건축과 관련
된 서적이 1만 2,000여 권 정도 구비
되어 있어 시중에서 쉽게 구할 수 없

는 책들도 찾아볼 수 있다. 책방 주인이 기획한 다양한 형태의 공연이나 미술 전시가 열리기도 한다.

주소 서울시 마포구 와우산로22길 64
연락처 02-3141-5600
운영시간 10:30~22:30
페이스북 facebook.com/garden-bookcafe

즐거운 작당

그래픽노블, 만화책을 볼 수 있는 북카페. 복합문화공간을 지향하는 곳으로, 깔끔한 실내에 2만여 권의 책이 있다. 누워서 책을 볼 수 있는 공간이나 계단 뒤편의 테이블 등 숨은 공간이 많아 편하게 책을 볼 수 있는 것도 장점이다.

주소 서울시 마포구 독막로7길 23 대동빌딩 지하1층
연락처 02-336-9086
운영시간 11:00~23:00
페이스북 facebook.com/happyjak-dang

북바이북

맥주를 마시며 책을 읽을 수 있는 책방으로 유명하다. 낮에는 직장인들이 가볍게 들러 책을 고르는 아늑한 책방이며, 밤에는 180도 변신해 가벼운 콘서트나 작가 특강, 저널리즘 강좌까지 다양한 행사를 진행한다. 손글씨로 쓴 서평 '책꼬리'라든가 주제별, 작가별로 개성 있게 서가를 구성한 '책장꼬리' 등 흥미로운 요소가 많은 서점이다.

주소 서울시 마포구 월드컵북로44길 26-2
연락처 02-308-0831
운영시간 11:00~23:00 (토, 일 12:00~20:00)
홈페이지 http://bookbybook.co.kr

책바

책방 이름 그대로 책과 바bar를 합쳤다. 주인이 큐레이션한 책이나 독립서적을 주로 판매하며, 주요 메뉴는 물론 술이다. 새벽까지 운영하는 심야서점인 데다 1인석도 잘 마련되어 있어, 혼자 술을 즐기며 책 읽기에 좋다. 레이먼드 챈들러의 《기나긴 이별》에 나오는 칵테일이 그대로 메뉴에 반영돼 있는 것도 재밌다.

주소 서울시 서대문구 연희맛로 24 1층 101호
연락처 02-6449-5858
운영시간 월~목 19:00~01:30, 금~토

19:00~03:00 (일요일 휴무)
홈페이지 http://www.chaegbar.com

🄵 베로니카 이펙트

그림을 그리는 남자와 글을 쓰는 여자가 운영하는 그림책방. 국내 책뿐 아니라 희소성 있는 해외 그래픽노블, 일러스트집 등을 볼 수 있다. 일러스트나 펜드로잉 같은 프로그램도 운영한다.

주소 서울시 마포구 어울마당로2길 10
연락처 02-6273-2748
운영시간 11:30~20:00 (일요일 휴무)
홈페이지 http://blog.naver.com/v_effect

🄵 위트 앤 시니컬

시집 전문 서점. 유희경 시인이 운영하는 책방으로 2,000여 권의 시집이 서가에 꽂혀 있다. 시 전문 서점답게 모든 것이 시에 집중되어 있다. 시인이 추천하는 책들로 구성하는 서가가 있으며 매월 시 낭독회가 열린다.

주소 서울시 서대문구 신촌역로 22-8 3층
연락처 070-7542-8972
운영시간 13:00~21:00 (월요일 휴무)
페이스북 facebook.com/witncynical

🄵 밤의 서점

이름부터 낭만적인 이 서점은 구석진 곳에 위치해 있고, 내부 역시 어두운 분위기다. 하지만 그와 어울리는 클래식한 서재와 방의 구조는 책을 둘러보기에 적합한 곳이라는 생각이 들게 만든다. 마음을 들여다보는 책을 위주로 시, 소설, 심리서 등을 볼 수 있다.

주소 서울시 서대문구 성산로 309-51
운영시간 14:00~21:00, 월 19:00~22:00, 수 12:00~21:00 (일요일 휴무)
인스타그램 instagram.com/librairie_de_nuit

🄵 책방서로

국내 소설을 주로 다루는 동네책방. 책을 통해 "서로가 서로에게 따뜻함을 느끼게 해줄 매개체"가 되는 서점이었으면 하는 마음에 책방 이름을 지었다. 감각적인 인테리어와 400여 권의 국내 소설을 볼 수 있다.

주소 서울시 마포구 연남로11길 46 1층
운영시간 12:00~20:00 (월요일 휴무)
인스타그램 instagram.com/seoro-books

☐ 라이너노트

음악전문 서점. 음악가가 쓴 책, 음악가에 대한 평전, 음악을 주제로 한 소설 및 산문 등을 주로 구비하고 있다. 음악 서점답게 '한국 재즈 100년사' 같은 음악을 주제로 한 강좌를 열고 있다.

주소 서울시 마포구 성미산로29길 4 1층

연락처 02-337-9966

운영시간 화~금 12:00~19:00, 토 12:00~20:00, 일 12:00~18:00 (월요일 휴무)

페이스북 facebook.com/linernote.kr

☐ 사적인 서점

'북 파머시book pharmacy'라는 독특한 콘셉트가 있는 책방이다. 1대 1 상담을 진행한 후 그에 맞는 책을 책방 주인이 골라 배송해주는 프로그램을 기반으로 운영되고 있다. 사전 예약제로 진행돼 그냥 책방을 찾았다가는 헛수고를 하게 될지도 모른다. 단, 토요일에는 책방을 개방하고 있어 미리 책과 내부를 둘러볼 수 있다. 자신과 맞는 책들이 있다면 책 처방을 받아보는 것도 좋겠다.

주소 서울시 마포구 서강로9길 60 4층

연락처 010-4136-2285

운영시간 일~금 예약제 운영, 토(오픈데이) 13:00~20:00

홈페이지 http://www.sajeokin-bookshop.com

☐ 탐구생활

책을 빌려주는 콘셉트의 책방이다. 일정 가입비(1만 원)를 내면 정가의 10~20%로 책을 빌려준다. 책을 공유하고 그와 관련된 문제의식을 나누는 공간이라는 점에서 일반 서점이나 도서관과는 방향을 달리하고 있다. 2,000여 권의 책을 보유하고 있으며 온라인으로도 신청할 수 있다.

주소 서울시 마포구 동교로30길 21 203호

연락처 070-8956-1030

운영시간 13:00~20:00

홈페이지 http://chaegbang.com

출판사가
운영하는 북카페

유행처럼 번졌던 책공간 중 북카페가 있었다. 특히 대형출판사에서 직접 운영하는 북카페는 아늑한 공간, 많은 종류의 책, 책에 특화한 문화 프로그램 등으로 독자들의 환영을 받았다. 출판사는 자사의 책을 홍보하거나 독자와 직접적인 소통이 가능하다는 것을 이점으로 꼽으며, 독자들은 책에 특화된 공간에서 자신만의 독서를 즐길 수 있기에 만족한다. 마포구를 중심으로 출판사 직영으로 운영되는 북카페 몇 곳을 소개한다.

📖 카페 꼼마(문학동네)

5,000권의 장서가 있는 벽의 서가가 가장 먼저 눈에 들어오는 카페. 정적인 분위기로 책을 읽기에 안성맞춤인 카페다.
서울시 마포구 어울마당로 44-1 라꼼마빌딩, 02-323-8555

📖 카페 창비(창작과비평사)

카페 겸 다목적 문화공간. 조용히 책을 읽을 수 있는 공간임은 물론, 작가와의 만남 등 다양한 문화 행사가 수시로 열린다.
서울시 마포구 월드컵로12길 7 창비서교빌딩, 02-322-8626

📖 빨간책방카페(위즈덤하우스)

유명 팟캐스트 '이동진의 빨간 책방' 녹음실이 이곳에 있다. 빨간책방의 추천도서 코너가 눈에 띄고 다양한 문화 행사는 물론, 유명 빵집의 디저트도 맛볼 수 있는 북카페 겸 문화공간.
서울시 마포구 독막로 27, 02-322-1995

📖 나와 나타샤와 흰 당나귀(다산북스)

백석 시인의 동명의 시 제목에서 이름을 따왔다. 다산 북스에서 나온 다양한 책이 구비돼 있으며, 24시간 오픈한다. 조용한 편으로, 책을 읽거나 작업공간으로 많이 찾는 곳이다.
서울시 마포구 독막로3길 39, 070-4820-4811

📖 북카페정글(디자인북/디자인정글)

디자이너를 위한 그래픽디자인, 건축, 인테리어, 패션 등 5,000여 권의 디자인 서적이 있는 북카페.

서울시 마포구 동교로 148-8, 02-
333-0367

⊞ **1984(1984)**
'출판사가 편집하는 문화공간'이라
는 소개 문구가 인상적이다. 편집숍
과 카페를 겸하고 있으며 세미나 및
뮤직 앤드 토크 등 여러 프로그램을
운영하는 복합문화공간이다.
서울시 마포구 동교로 194 혜원빌딩
1층, 02-325-1984

⊞ **진선북카페(진선출판사)**
자전거와 여행을 주제로 한 서적을
주로 구비하고 있으며, 삼청동에서
꼭 한번 들러봐야 할 북카페로 유명
한 곳이다.
서울시 종로구 삼청로 59, 02-737-
5977

청소년들을 위한 인문학 전문 서점,
인디고서원

호메로스의 《일리아스》와 플라톤의 《향연》, 유클리드의
《기하학 원론》…. 미국 아나폴리스의 세인트존스 대학에 입학
하면 가장 먼저 읽어야 하는 책들이다. 이 책을 읽고 학생들은
심도 있는 토론에 들어간다. 교수는 학생들의 생각에 특별히
관여하지 않고, 날카롭게 질문을 던지거나 생각의 방향을 이
끌어주는 튜터tutor 역할을 한다. 4년 동안 100권의 고전을 읽고
토론하는 것이 이 대학의 유일한 커리큘럼이다. 철학 및 고전으
로 시작해 중세 및 르네상스, 근대의 문학과 학문을 차례로 배
운다. 과학이나 음악은 그 시대의 방법 그대로 실험하고 작곡
하는 방식으로 수업을 진행한다. 그렇게 몇백 년간의 지혜를

모두 습득하고 나면, 이 세계가 왜 이렇게 만들어졌는지 그 원
리를 깨달을 수 있다는 것이다.

　　교육의 목적은 인간이 살아가는 데 필요한 모든 것을 습득
하는 것이다. 물론 기술이나 이론도 가치 있지만, 어떤 상황에
직면했을 때 스스로 이겨 나갈 수 있는 지혜와 통찰력이야말
로 우리가 배워야 할 것일 테다. 나쓰메 소세키는 《태풍》이란
책에서 "선과 악의 경계를 이해하고 현명함과 어리석음, 참과
거짓, 바름과 사악함을 제대로 판별하는 진정한 인간이 되는
것이 학문의 목적"이라고 했다.

　　그런 차원에서 보면 세인트존스 대학의 프로그램이 진정

한 교육에 가깝다는 생각이 든다. 이 대학의 졸업생이 번듯한 직장을 갖게 됐는지 어떤지는 알 수 없지만, 적어도 제자리에 곧게 서서 제대로 된 삶을 살 수 있는 자생력을 갖게 되었을 것임은 틀림없다. 이러한 사례를 보면 우리나라 교육이 올바르게 가고 있는지 되돌아보게 된다.

잘못되었다는 것을 알고는 있지만 막상 어디서부터 고쳐야 할지 막막해하며 손을 놓고 있는 지금, 작은 희망의 불씨는 부산의 한 서점, 인디고서원에서 시작되고 있었다.

"우연히 듣게 된 인디고서원. 이 서점이 어떤 곳일까 알고 싶어졌고, 지금은 이 방문이 나를 바꿀 수 있지 않을까 하는 생각을 하고 있습니다."

인터넷에서 발견한 문구는 강렬했다. 한 사람의 인생을 바꾸는 서점이 과연 우리 주위에 존재할까. 구글에 입사한 한 청년이 있다. 그녀는 철학, 문학, 역사에 대해 의견을 교환하는 '생각 공방'을 만드는 것이 꿈이라고 했다. 대학 시절, '인문소통학'이라는 새로운 전공을 만들어 연구하기도 했다. 이 창의적이고 열정이 넘치는 청년은 인디고서원 출신이다. 어쩌면 인디고서원에서 그 답을 찾을 수 있을지도 모르겠다는 생각이 들었다.

　서점은 한적한 주택가에 있었다. 남천역에서 잘 정돈된 골
목길을 따라 걷다 보면 흑색 벽돌로 쌓아 올린 4층 건물이 나
온다. '청소년을 위한 인문학 서점'이라고 쓰인 간판을 지나 페
인트로 거칠게 칠한 듯한 초록색 문을 열고 들어가니 형형색색
의 동화책으로 가득 채워진 서가가 보였고, 한 직원이 그 옆에
서 책을 정돈하고 있었다. 그녀는 이곳을 "주로 아이들을 위한
책이 있고, 작은 전시를 하는 공간"이라고 짧게 소개하며, 어른
들을 위한 서가는 2층에 있다고 덧붙였다.

　볕이 잘 드는 2층 복도는 초록색 창틀과 크고 작은 화분
이 동화 속의 집을 연상케 하는 공간이었다. 복도 끝에 다다르
면 인디고서원의 중심인, 특별한 책으로 가득한 서가를 만날
수 있다. 복도와 가장 가까운 서가에는 '생태, 환경'이라는 분
류표가 붙어 있었다. 그중 《상상하기 어려운 존재에 관한 책》
이 눈에 들어왔다. 항아리해면, 앵무조개, 띠빗해파리 등 생전
듣도 보도 못한 희귀한 생물에 대해 서술한 책이었다. 책 표지
에는 '공존하려는 인간에게만 보이는 것들'이라는 부제가 붙

어 있었는데, 미지의 생명체와 인간이 지구를 공유하고 있다는 당연한 사실이 새롭게 느껴진다. 그 외에도 《꿀벌의 민주주의》《사육과 육식》《우리는 미래를 훔쳐 쓰고 있다》 등 제목만 봐도 흥미로운 책이 많았다. 생태 환경 외에도 문학, 역사, 사회, 철학, 예술, 교육 등 여섯 가지 분야로 서가는 분류되어 있었다. 문득, 재미있는 책 분류법 하나가 떠올랐다. 영국의 보들리언 도서관과 코튼 도서관을 후원했던 프랜시스 베이컨은 "학문은 사람이 가진 이해력 중 세 부분(기억, 상상력, 이성)과 관련이 있다"고 생각하고, 그것을 책의 분류에 적용했다. 기억은 역사와 관련된 책으로, 상상력은 시집, 이성은 철학책에 해당한다. 그렇게 분류한 책은 다시 세분화했다. 예컨대 역사 분야는 다시 자연, 문명, 교회, 문학 등으로 나뉜다.

서가보다 조금 더 높은 위치에 또다른 책 공간이 있었다. 갈색 톤의 넓은 평대에는 주로 신간이나 서점의 추천도서를 진열해놓았다. '인디고서원이 뽑은 올해의 좋은 책 10', 《창가의 토토》의 '원래대로 해놓거라' 이야기 등 서점의 생각을 엿볼 수 있는 글귀들도 눈에 띈다. 이 서가에서 인디고서원의 이윤영 사무국장을 만날 수 있었다.

"생물학, 사회학, 경제학, 철학 등 서점 직원들의 전문 분야가 있어요. 이곳에서 일한 경력도 10~16년은 되고요. 각자의 영역에서 책을 선별해 오죠. 자기계발서처럼 쉽게 읽을 수 있는 책들은 들여오지 않아요. 주로 세상의 보이지 않고, 들리지 않는 목소리를 이야기하는 책 위주로 들여와요."

한 권의 책이 2만 부 팔리는 것보다 100권의 책이 200부씩 팔리는 게 장기적으로 봤을 때 이롭다. 획일화된 베스트셀러로 인해 도서 선택의 폭이 좁은 상황에서 좋은 책을 찾아주는 것 또한 서점의 일이니, 인디고서원은 그 역할을 충실히 해내고 있는 셈이다.

이 서점은 불현듯 생겨났다고 해야 할 것이다. 인디고서원
의 허아람 대표는 첫 휴가로 프랑크푸르트 도서전에 가게 된
다. 그때 독일을 비롯한 유럽의 서점을 보고 신선한 충격을 받
았다고 한다. 서점 주인들은 자신이 직접 꾸민 서가에서 항상
책을 읽고 있었다, 사람들은 서점에 모여 차를 마시며 이야기
를 나눈다. 그 모습을 보고 서점이 단순히 책을 파는 곳이 아닌
문화가 있는 공간임을 깨닫게 된 것이다. 허 대표는 한국으로
돌아와 13평의 작은 공간을 빌려 보름 만에 서점을 냈다. 서점
이 아닌 서원으로 이름 붙인 이유도 "책을 통해 다양한 문화가
꽃필 수 있게 하는 책의 정원"을 만들고 싶다는 의지 때문이다.

좋은 책을 파는 것이 인디고서원의 전부는 아니다. 인디고
서원에서 하는 일을 모두 나열하면 "이 작은 서점에서 그 많은
일을 전부 해낸단 말인가!" 하고 놀랄지도 모르겠다. 저자 초청
토론회, 청소년 토론 프로그램, 수요 독서회, 인문교양지《인디
고잉》발행, 인문 공부 공동체 등등. 종류는 많지만 뿌리는 하
나다. 모든 프로그램은 청소년이 중심이며, 독서와 토론이 기본
이다. 거기서 그치는 것이 아니다. 토론은 아이들이 새로운 공

익 프로그램을 기획하는 것으로 연결된다. 그 사례 중 하나가 '정세청세(정의로운 세상을 꿈꾸는 청소년, 세계와 소통하다)'라는 청소년 인문 토론 프로그램이다.

"노숙자에게 인문학을 가르치면 자립이 가능하다고 말하는 《희망의 인문학》이라는 책이 있어요. 보통은 이 책을 읽으면 '훌륭한 프로그램이다'라는 감상에서 멈추는데, 이곳 아이들은 책을 통해 얻은 것을 바탕으로 '실제로 우리가 실천할 수 있는 것이 무엇인가'에 대해서 고민을 한 거예요. 현실적으로 청소년들이 노숙자를 위한 프로그램을 만들기는 어려우니, 영혼이 빈곤한 청소년들과 인문학을 나누는 프로그램을 실천해보기로 한 거죠. 그래서 탄생한 것이 '정세청세'예요."

처음 부산에서 단출하게 시작한 이 토론 프로그램은 지금은 전국 20개 지역에서 열리는 큰 행사가 됐다. 인디고서원의 프로그램은 대부분 이렇게 시작된다. 직원들이 거창하게 "올해 우리의 계획은 청소년들을 위해 이러이러한 프로그램을 제공하는 겁니다!"라며 서점이 주가 되어 하는 게 아닌, 아이들 스스로 책을 보고 토론을 하다가 생각을 구체화시켜서 곧바로 실현하는 것이다. '에코토피아'라는 채식 식당 역시 친생태적인 삶을 고민하다 청소년들이 기획한 결과물이다. 이렇게 아이들이 주도적으로 무언가를 할 수 있는 기회가 그동안 주어졌는지 곰곰이 생각해보게 된다. 단지 생각할 수 있는 길을 열어줬을 뿐인데도 놀라운 결과물이 나오고 있었다.

인디고서원은 세계 석학들과 함께 작업하는 서점으로도 유명하다. 슬라보이 지제크, 놈 촘스키, 브라이언 파머 등 이름만 들어도 알 법한 석학들이 이들의 취지에 공감해 잡지 《인디고》의 편집위원으로 참여하거나 인터뷰에 적극적으로 응했다. 이 작은 서점이 주는 메시지가 그들의 마음을 사로잡았기 때문이다.

인디고서원이 자리를 잡으면서 서울로 오라는 제안을 많이 받았다고 한다. 그럴 때마다 이 서점에서는 "인디고서원이 인디고서원일 수 있는 이유는 바로 이 지역에 있기 때문이다. 그 지역을 지켜내는 문화공간이 하나쯤은 있어야 하지 않겠느냐"고 일관되게 답변하고 있다. 서울의 길담서원, 부산의 백년어서원은 인디고 서원의 영향을 받아 생긴 인문학 서점들이다. 좋은 서점을 옮기는 것보다 비슷한 형태의 서점이 늘어나는 것이 사회에 더 긍정적이다.

"제가 학생 때 이런 서점이 주변에 있었으면 참 좋았을 텐데요." 인터뷰가 끝날 무렵 자연스럽게 이런 말이 내 입에서 나왔고, 서울에 올라가기 전 청년들이 만들었다는 에코토피아 식당에 한번 들러야겠다고 생각했다.

인디고서원

주소   부산시 수영구 수영로408번길 28
연락처   051-628-2897
운영시간   10:00~20:00 (월요일 휴무)
홈페이지   http://www.indigoground.net

골목 속 반짝이는 책공간 .. 헌책방 및 동네서점

인디고서원
이윤영 사무국장이
추천하는 책

◧ 《소리 없는 질서》/안애경/마음산책
핀란드와 노르웨이의 교육을 소개한
책이다. 북유럽의 교육 환경이 얼마
나 좋은지 우리 모두 대충은 알고 있
다. 이 책이 특별한 이유는 그곳의 문
화, 예술, 교육이 어떻게 평화와 민주
주의를 가능하게 했는가에 초점을
맞추고 있기 때문이다. 재미있는 사
례도 많다. 예를 들어 우리나라는 유
치원에서 과도를 사용해 수업을 하
면 플라스틱 과도를 준다. 그런데 거
기서는 진짜 칼을 주고 썰라고 한다.
손가락을 베면 우리는 난리가 나겠
지만, 그쪽 선생님은 담담하게 "밴드
붙이고 와"라고 이야기하고, 아이들
도 밴드를 붙이고 와서 다시 칼을 잡
는다. 일상에서 벌어지는 모든 것들
을 스스로 대처할 수 있도록 배워야
하기 때문이다. 우리와 완전히 다른
사고 체계를 갖고 있다. 우리는 기술
시간에 누가 정해준 물건을 만들지만
그곳 아이들은 내가 기타를 치면 기
타를 만들고, 내가 앞치마가 필요하
면 앞치마를 만든다. 교육은 사는 데

필요한 지혜를 주는 것인데, 우리는
그것을 점수로 치환하고 있다는 것이
안타깝게 느껴졌다.

◧ 《나는 고발한다》/에밀 졸라/책세상
프랑스 사회의 진실을 고발하는 책이
다. 드레퓌스라는 유대인 장교가 스
파이의 누명을 썼을 때 프랑스 국민
과 매체 모두가 외면했지만, 한 사람
만은 글을 써서 진실을 알리고자 했
다. 그때 그 진실을 밝혀낸 저력이 일
종의 명예로 남아 아직까지도 프랑
스 사람들을 일깨우는 기제가 되고
있다. "우리는 그러한 진실을 밝혔던
시민들이다"라는 것이 그들에게 큰
자부심으로 남아 있다고 생각한다.
결국 명예와 저력이 한 사회를 움직
일 수 있는 것이다. 우리 사회는 아직
그런 경험을 해보지 못했다고 본다.
독립운동가의 자손들이 힘겹게 사는
우리 사회에는 어떠한 명예도 없는
것이 아닐까. 그렇기 때문에 우린 사
회가 이토록 희망이 없는 것이라고 생
각한다. 이 책을 읽고 그런 명예와 저
력을 찾을 수 있는 사람이 되고 싶다
는 생각을 했다.

⊞ 《새로운 세대의 탄생: 세월호 참사에 대한 기억의 의무》/인디고서원/궁리

세월호 참사에 대한 청소년들과 학자들의 목소리를 담은 책이다. 총 2부로 구성돼 있는데, 1부는 청소년들의 이야기를, 2부는 분야별 학자들의 이야기를 다루고 있다. 세월호 참사를 기억하고, 더 나은 삶을 위해 우리가 해야 할 일들을 생각해볼 수 있다.

부산의 가볼 만한 서점, 도서관

⊞ 부산광역시립 시민도서관

우리나라에서 가장 오래된 역사를 지닌 공공도서관이다. 1901년 사립 홍도회 독서구락부를 개관한 것이 그 시초로, 1919년에 제대로 된 도서관으로 변모한다. 약 78만 권의 장서가 있으며 오래된 도서관이니만큼 고문헌을 상당수 소유하고 있고, 해제 작업을 통해 일반인들도 쉽게 이용할 수 있도록 했다.

주소 부산시 부산진구 월드컵대로 462
연락처 051-810-8200
홈페이지 http://www.siminlib.go.kr

⊞ 영광도서

전국에서 가장 오래된 대형서점이자, 부산에서 가장 큰 서점이다. 서점 주인의 "서점은 서점다워야 한다"는 철학대로 품절이나 절판이 아닌 이상 구하지 못하는 책이 없는 곳이다. 작가와의 토론회나 시 낭송회, 고전 연구 등 다양한 문화 프로그램을 운영하고 있으며, 창립 50주년을 앞두고 있는 지금 17층 규모 복합문화공간으로의 변신을 앞두고 있다.

주소 부산시 부산진구 서면문화로 10
연락처 051-816-9500
운영시간 10:00~21:00
홈페이지 http://www.ykbook.com

⊞ 문우당서점

부산을 대표하는 향토서점 중 한 곳으로 한때 문을 닫을 뻔한 위기가 있었지만 몇 년 전 규모를 축소해 해양 및 지도 전문 서점으로 재탄생했다. 해양 관련 전문서적, 국내외 각종 지도 및 다양한 형태의 지구본을 이곳에서 구할 수 있다.

주소 부산시 중구 구덕로 38
연락처 051-241-5555
운영시간 09:30~21:30
홈페이지 http://www.munbook.co.kr

백년어서원

김수우 시인이 인문학 운동을 위해
연 공간으로 본인이 소장한 책을 모
아 오픈했다. 각종 인문학 서적을 읽
거나 구입할 수 있는 공간이며, 특히
다양한 인문학 강좌 및 프로그램이
수시로 열려 인디고서원과 함께 부
산을 대표하는 인문학 공간으로 꼽
힌다.

주소 부산시 중구 대청로135번길 5 2층
연락처 051-465-1915
운영시간 10:00~19:00 (일요일 휴무)
홈페이지 http://blog.naver.
com/100_fish

샵메이커즈

책을 주제로 하는 프로젝트숍이다.
소규모로 발행되는 독립잡지나 출판
물을 판매하며, 독립출판물을 소개
할 수 있는 북마켓이 정기적으로 열
린다. 그 외에도 문화예술 관련 세미
나, 강의, 전시 등을 진행하고 있다.

주소 부산시 금정구 부산대학로64번
길 120 1층
연락처 051-512-9906
운영시간 12:00~20:00 (월요일 휴무)
홈페이지 http://shopmakers.kr

주인이 읽은 책만 팝니다,
이상한 나라의 헌책방

"나는 아무것도 아니다."

《어두운 상점들의 거리》의 첫 문장은 이렇다. 기억을 잃은 퇴역 탐정 기 롤랑은 자신의 과거를 추적하면서 자신의 낯선 모습을 하나씩 대면한다. 그것은 안도와 불안이 공존하는 과정이었다. 본인의 잃어버린 과거를 찾았다는 점에서 안도하고, 나도 모르는 낯선 내 모습이 하나씩 드러나는 것에 불안해한다. 자신을 잃어버린다는 것은 무엇일까? "나는 아무것도 아니다"라는 문장처럼 사실 우리의 존재는 생각과 관념의 허상일지도 모른다. 만약 40년 전 떠오른 단상을 메모한 책이 지금 내게 우연한 기회에 되돌아온다면 내가 몰랐던 나의 일부를 발견할 수 있을까.

　이상한 나라의 헌책방의 존재와 책방 주인 윤성근 씨에 대해 알게 된 것은 《헌책이 내게 말을 걸어왔다》라는 책을 통해서다. 헌책 속에서 발견한 의미 있는 메모를 엮어낸 책인데, 이 책의 서문에서 밝히고 있는 내용이 재미있다. 여느 때처럼 책을 정리하던 그는 《사랑과 인식의 출발》이라는 책에서 누군가 40년 전 적어놓은 주소를 발견한다. 주소가 책에 적혀 있는 것은 드문 일이었고, 아직도 그 사람이 거기 살고 있는지 호기심이 생겼다. 그는 그 사람을 찾아보기로 한다. 시간이 꽤 흘렀고, 일면식도 없는 이의 정보를 알아내는 것이 쉽지만은 않았으나, 나름의 근거와 추리를 동원해 결국 메모의 주인을 찾아낸다. 현재 변호사인 그는 당시 사법고시를 준비하던 25세의 청년이었다. 그는 책에 썼던 메모는 물론 책을 구입했던 서점까지 정확하게 기억했다. 헌책이 과거와 현재의 연결 고리가 된 순간이었다. 책이 단순한 물체가 아니라 어떤 신비한 힘을 가진 매개체가 아닐까 하는 생각이 든 것도 이때였다. 한편으로 그런 헌책들을 수없이 보고 다룬 책방 주인의 이야기를 들어보고 싶다는 생각을 했었다.

파란색과 흰색이 교차하는 차양이 문 위를 덮고 있고, 하얀 패널에 붓으로 '이상한 나라의 헌책방'이라고 한 번에 쓴 듯한 간판이 걸려 있었다. 책방 앞은 큰 도로였고, 주변 건물들도 자동차 수리점이라든가 주유소 같은 삭막한 것들뿐이어서 이 간판이 없었다면 책방의 존재를 알아차리지 못했을 것이다. 게다가 입구는 보통 건물 입구의 반 정도 크기로, 몸을 한껏 구기고 들어가야 할 것 같은 기분이 들었다. 마치 어두컴컴한 토끼굴을 지나가는 앨리스처럼.

책방은 2층에 있어 가파른 나무 계단을 올라야 했다. 옆에는 낡은 책이 수북이 쌓여 있었고, 그것들을 지나칠 때 누군가 수군거리는 소리가 환청처럼 들려왔다. 이번만이 아니었다. 책방 탐방을 계속하면 할수록 책은 점점 더 생명이 있는 존재처럼 느껴졌다.

계단 끝에는 헌책의 메모를 크게 확대해놓은 사진과 낡은 오르간이 있었다. 그리고 서점으로 통하는 입구가 보였다.

아늑한 내부는 헌책방이라기보다는 북카페라고 부르기에 더 어울리는 공간이었다. 〈토이 스토리〉 피규어나 '심슨' 그림, 고장 난 토스트기 안의 작은 책, 낡은 체스판 등을 보니 주인의

취향이 책에만 집중된 것은 아닌 모양이다. 서가 한복판의 넓은 테이블에는 몇 명의 여자가 앉아 있었고, 그 옆에서 책방 주인 윤성근 씨가 먼지떨이로 책장을 훑으며 그들과 이야기를 나누고 있었다. 언뜻 들리는 이야기는 이런 것이었다.

"우리나라에서 성경보다 더 많이 팔린 책이 뭔지 알아요? 《수학의 정석》이에요."

"교보문고 천장의 거울은 책 도난 방지용으로 만들어졌어요.”

    웃음 섞인 그들의 이야기를 들으며 책방을 둘러봤다. 테이블 앞의 가장 큰 서가를 제외하고 다른 책장들은 블록 형태로 이곳저곳에 흩어져 있었다. 한 번 본 서가를 또 훑어보게 될지도 모르는 헤매기 딱 좋은 구조지만, 그만큼 책을 찾는 재미도 배가 될 것이다. 가장 가까운 서가에는 전집이 있었다. 밀란 쿤데라의 전집을 시중의 절반 가격에 팔고 있었고, 한국논쟁사 세트에는 ‘우리나라 사상 흐름을 유명했던 논쟁으로 엮음’이라는 흥미로운 소개 문구가 붙어 있었다. 무엇보다 이 책방에서 사람들의 눈을 사로잡을 만한 것은 《이상한 나라의 앨리스》와 관련된 자료였다. 1900년대 초에 발간된 앨리스 책은 유리 상자 안에 곱게 전시되어 있었고, 그 외에도 앨리스 책만을 따로 모아놓은 서가가 있을 정도였는데, 앨리스 광팬인 윤성근 씨가 수집한 앨리스 작품만 해도 300여 종이나 된다.

    “거봐, 여기 좋다고 했잖아. 오길 잘했지?” 모녀로 보이는 두 사람이 내가 앉아 있는 테이블을 지나쳤다. 누구나 좋아할 수밖에 없는 헌책방을 어떻게 만들게 되었을까. 윤성근 씨가 차분한 목소리로 이야기를 시작했다.

"변화를 좋아하지 않는 타입입니다. 90년대 초중반에 컴퓨터 관련 벤처사업이 유망했고, 별생각 없이 IT회사에 다녔죠. 그러다가 2001년에 9.11테러가 발생했고, 2002년에 종로서적이 없어졌는데, 굉장히 충격을 받았어요. 내 삶에 우연이든 필연이든 커다란 사건이 일어날 수 있겠다는 생각이 들었죠. 그래서 예전부터 하고 싶었던 헌책방을 되도록 빨리 시작하자는 결단을 내렸어요."

조심성 많은 성격의 그는 무작정 헌책방을 열지는 않았다. 책이 어떻게 만들어지고 어떤 유통 과정을 거치는지 알기 위해 출판사에서 근무를 했고, 헌책방에서 일하기도 했다. 2007년, 자신의 책방 '이상한 나라의 헌책방'을 연다. 그때도 지금의 모습과 비슷했다고 하니, 당시에는 색다른 모습의 헌책방이었을 것이다. 과거 헌책방이란 낡고 오래된 책이 산처럼 쌓여 있고, 오로지 책이 중심이 되어야만 책방다운 것이었다. 젊은 사람이 나서서 헌책방을 하겠다는 경우도 드물었다.

"오픈 당시에 헌책방 사장님 한 분이 오셨어요. 악담을 하고 갔죠. 젊은 놈이 뭣도 모르고 한다, 이게 헌책방이냐, 장담하는데 3개월 있다가 망한다…. 헌책방 마니아들에게는 헌책방이란 이름에 먹칠하지 말고 간판 내려라, 이런 이야기도 듣고요.”

악담이 액땜이 된 것인지 모르겠지만, 책방은 9년째 이곳을 지키며 많은 사람들의 사랑을 받고 있다.

이곳은 '주인이 읽은 책만 파는 책방'으로도 유명하다. 어릴 적부터 텍스트에 대한 호기심이 많았던 그였다. 글자를 몰랐을 때도 어머니와 함께 시장에 갈 때면 간판에 적힌 글자를 궁금해했다. 글을 깨치고 나서는 폭발적으로 텍스트에 빠져들었다. 책은 물론이고, 아무 생각 없이 읽을 수 있는 사전이나 전화번호부까지 읽어야 직성이 풀렸다. 지금은 성경책을 읽고 있다고 하니 가히 활자 중독이라 할 만하다. 5,000여 권의 책이 이 책방에 있다고 했다. 이 모든 책을 독파했음은 물론 이제껏 팔고 들여온 책들까지 생각하면 독서량을 가늠할 수 없다. 그에게 보통 한 달에 책을 어느 정도 읽느냐고 물었더니, “속독으로 60~80권 정도…”라고 한다(그중 괜찮은 책 20~40권을 추려 다시 정독을 한단다). 시간이 많아서라고 겸손하게 이야기하지만, 어지간한 이들은 엄두도 못 낼 양이다. 이 책방을 이용하는 사람들에게 주인의 독서량은 상관없을지 모르지만, '책벌레가 모두 읽어본 엄선한 책만을 파는 헌책방'이라는 타이틀이 붙는

다면 책에 열광하는 애독가에게는 더 믿음직스러운 책방이 될 것이다.

"장단점이 있어요. 저와 코드가 맞는 분들에게는 좋겠지만 안 맞는 분은 허탕을 치는 거죠. 이를테면 문학작품 중 일본 문학 쪽은 제가 잘 안 읽거든요. 대부분 유럽 문학 위주로 갖추고 있고… 철학도 동양철학은 제가 잘 모르니, 서양철학 위주로 되어 있어요. 컬렉션이 편집숍처럼 한정되어 있는 거죠."

누군가는 자신이 평생 모아온 책이 꽂힌 서가를 보면 책과 자신이 혈관으로 이어진 것 같은 느낌이 든다고 했는데, 이 헌책방 역시 주인의 인생이 담겨 있을 것이다. 책 취향이 비슷한 단골뿐 아니라 책방의 분위기가 마음에 들어 몇 번 들락거리다 주인의 취향에 물들어 본인만의 새로운 '책 구조도'를 만드는 사람도 있지 않을까. 그런 손님들을 맞이하기 위해 좋은 책들을 끊임없이 발견하고 새로 채워넣는 것이 그가 하는 일이자 책방을 운영하는 즐거움이다.

이 서점에서는 음악회, 영화나 공연 감상회, 독서 모임 같은 문화 행사도 꾸준히 열린다. 그중 독서 모임의 운영 방식이 인상적이다. 책방 주인이 책에 진지하니만큼 굉장히 밀도 있고 엄격하게 진행되는데, 이를테면 친목을 위한 잡담은 절대적으로 금지되어 있고, 4시간 동안 오로지 책에 몰두한다. 그가 처음 독서회를 이끌 때는 무려 열 장 분량의 발제로 시작했다고 하니, 결코 가벼이 볼 만한 모임은 아니다. 그럼에도 이 독서 모임은 4년째 꾸준히 사람들이 모이고 있고, 심지어 분반이 있을 만큼 활발히 운영된다.

서가는 문학부터 사회과학, 철학, 예술 등으로 분류되어 있었다. 그가 지향하는 방식은 서가의 자유로움이다. 헌책의 다양한 판형을 반영할 수 있고, 계속해서 책이 바뀌는 특성상 자유자재로 해체가 가능한 책장이어야 한다. 서가의 멋은 둘째 치고, 효율적인 서가임에는 분명했다. 이 책방의 단골이었던 박원순 서울시장은 취임할 무렵 그에게 시장 집무실 서재 디자인을 요청했는데, 이런 서가의 효율성을 높게 평가해서가 아닐까 짐작해본다.

책장 꼭대기에는 1994년 판《최순우 전집》《국사대사전 전집》《고요한 돈 강》초판 등 낡은 책들이 깔끔하게 정돈돼 있었다. 주인 추천도서 코너는 역사, 인간, 세계, 우주까지 세상을 배울 수 있는 모든 책들을 가져다 놓은 것처럼 분야가 다양했다. 미셸 푸코의《감시와 처벌》, 그리고《빈 서판》과《종이로

만든 사람들》이란 책이 흥미를 끈다. 활자 중독인 그답게 《우리말 역순사전》도 빼놓지 않았다. 책방의 안쪽에는 아직 주인이 분류하지 않은 책을 모아놓은 서가가 있었는데, '직접 보물을 찾아보라'라는 메시지가 재밌다.

한참을 서가에서 미적거리다가 《책과 혁명》이라는 책을 골라 계산대로 갔다. 그는 강아지를 안은 남자와 이야기를 나누고 있었는데 "플라멩코 공연 같은 것은 계획에 없나요?" 같은 말이 들렸다.

서점에서 나올 때, 계단을 오를 때는 미처 보지 못했던 것

을 발견했다. 계단을 마주한 벽에 "오후 3시… 이 3시라는 시간
은 무엇을 하려고 마음먹어도 늘 너무 늦거나 너무 이른 시간
이다. 오후의 어정쩡한 시간"이라고 적혀 있었다. 사르트르의
《구토》에 나오는 구절이다. 이 책방의 문을 여는 시간은 오후
3시다. 내게 이 시간은 가장 정신이 맑아지는 때다. 문득 이 책
방과 나는 같은 리듬 안에 있는 것 같다는 생각이 들었다.

이상한 나라의 헌책방

주소　　　 서울시 은평구 서오릉로 18 2층
연락처　　 070-7698-8903
운영시간　수~토 15:00~23:00 (일~화 휴무)
홈페이지　http://www.2sangbook.com

윤성근 대표가 생각하는 '사람들이 책을 읽지 않는 이유'

제가 좋아하는 학자 중에 이반 일리치가 있는데, 60년대에 이런 말을 했어요. "이 시대는 사람의 리듬보다 너무 빠르다." TV의 화면전환 속도도 너무 빠르고 자동차, 기차, 비행기 모두 인간의 리듬을 뛰어넘는 너무 빠른 이동 수단인 거에요. 그런 속도감에 익숙해져 있는 데다, 텍스트라는 것은 한 글자씩 읽어야 하는 느린 것이기 때문에 답답함을 느끼는 거죠. 저는 대부분의 시간을 책을 읽는 데 보내기 때문에 매체를 접할 기회가 많지 않은데, 어쩌다 식당에 가서 TV 버라이어티 쇼를 본다든가 영화관에서 영화를 보면 속이 울렁거려요. 너무 빨라서요. 심지어 일본 문학 같은 전개가 빠른 책만 보더라도 마찬가지고요. 책의 리듬에 신체의 리듬이 길들여져 있으니 그런 현상이 나타나는 것 같아요.

두 번째로는 우리나라 사람들이 책을 "안 읽는다"고 하는데, "읽지 못하게" 이 사회가 몰아가고 있는 것 같아요. 책이라는 것은 읽어야겠다, 읽어야 한다, 이런 개념보다 "책이나 한번 읽어볼까" 하는 잉여적인 생각에서 출발해야 해요. 지금 우리 사회에서는 그런 여유를 가질 환경이 부족한 것 같아요. 결론은 책을 안 읽는 것이 사람들의 탓은 아니라는 겁니다.

이상한 나라의 헌책방
윤성근 대표가 추천하는 책

🔲 《이상한 나라의 앨리스》/루이스 캐럴

대학생 때 원서로 읽게 된 앨리스에 푹 빠졌다. 풍부한 언어유희나 운율 등 모든 것이 마음에 들었다. 지금껏 모은 앨리스 책은 300종 이상 된다. 해외에서 직접 구해 오는 경우도 있고, 루이스 캐럴 학회에 가입해 정보를 얻고 새로운 아이템을 얻기도 한다. 실물이 확인된 것 중 가장 오래된, 1962년 계몽사에서 나온 번역본 《이상한 나라의 앨리스》를 개인 소장하고 있다.

🔲 《마의 산》/토마스 만

긴 작품이기는 한데, 긴 호흡으로 읽어봤으면 하는 책이다. 어떤 젊은이가 스위스에서 요양을 하는 사촌을 방문했다가 본인이 병에 걸려 몇 년 동안 내려오지 못한다. 요양소에서 꾀병 부리는 사람, 진짜 병자, 죽어 나가는 사람 등 많은 사람을 만나게 된다. 요양소라는 한정된 공간에서 사람들의 여러 모습을 보면서 그동안 느끼지 못했던 삶과 죽음, 허세, 그리고 살면서 겪게 되는 여러 감정들에 대해 생각하게 된다. 개인적으로 활발한 사람도 아니고 인적 네트워크가 넓은 사람이 아닌데, 이런 책을 보면서 사람과 어울려가는 것이 삶이라는 것을 많이 느낀다.

🔲 《변신》/프란츠 카프카

고등학생 때 읽고 굉장한 충격을 받았던 작품이다. 그 전까지 한국소설 위주로 읽었는데, 진지하게 읽은 첫 외국 소설이었다. 이 책의 번역본을 읽고, 독일어로 다시 읽고 싶어서 독일어 사전과 원서를 사서 고1 때부터 졸업반이 될 때까지 읽었다. 진지한 독서를 할 수 있게 만들어준, 내 독서 이력에서 빼놓을 수 없는 책이다. 누구든지 그런 책이 한두 권쯤 있으면 좋을 것 같다. 독서에서 중요한 건 아포리즘을 발견하는 것보다 읽는 과정에서 뭔가를 느끼는 거라고 생각하는데, 변신을 읽고 그걸 깨달았다.

7

지역서점이 우리에게 필요한 이유,
진주문고

일본 기노쿠니야 서점의 과감한 실험이 화제였다. 무라카미 하루키의 신간 에세이집 《직업으로서의 소설가》 초판 10만 부 중 9만 부를 출판사로부터 직접 사들인 것이다. 이중 3~4만 권은 매장에서 판매하고 나머지는 지역 중소형 서점에 공급했다. 남은 5,000권을 출판사에서 홍보용으로 사용하고 나니 인터넷 서점에 주어진 물량은 5,000권에 불과했다. 하루키의 책을 사려면 사람들은 집 근처 서점으로 갈 수밖에 없는 상황이다. 이 결단이 기노쿠니야 서점에 유리한 것만은 아니었다. 원래대로 유통 업체를 통해 들여온 것이 아니라서 팔리지 않은 책을 출판사로 반품할 수가 없기 때문이다. 책이 남는다면 그 손해를 고스란히 서점이 떠안아야 하는 상황이었다. 그럼에도 이런 결단을 내린 것을 두고 기노쿠니야 서점은 "인터넷 서점에 맞서기 위해서"라고 밝혔다. 일회성에 그칠지 모를 일이지만, 대형서점이 나서서 동네서점을 살리고자 했다는 것이 인상적이었다. 이 사례를 보며 얼마 전에 다녀온 진주문고가 떠올랐다. 스타일은 다르지만 지역의 발전을 위해 서점이 할 수 있는 방식을 찾고, 한자리에 우직하게 버티고 서서 출판 시장을 조금씩 바꾸기 위한 시도를 하고 있기 때문이다.

진주문고로 가기 위해서는 시외버스터미널에서 다시 한 번 버스를 타야 했다. 터미널 건물에는 '소문난 서점' 간판이 걸려 있었다. 60개가 넘던 진주시의 서점은 현재 열 곳 내외로 줄었다고 한다. 이런 환경에서 진주문고 같은 뿌리 깊은 서점이 지역에 굳건히 자리를 버티고 있다는 것은 서점에도 주민들에게도 다행스러운 일이다.

진주문고의 1층은 다른 중대형서점과 다를 바 없어 보였다. 상아색 타일이 깔린 매끈한 바닥과 탁 트인 공간에 꽉 들어찬 서가에는 아동, 청소년용 책이나 참고서, 실용서 위주의 책들이 진열되어 있었다. 비가 장대처럼 쏟아지는 날임에도 꽤 많은 사람들이 책을 뒤적이고 있었다. 그 사이로 보라색 유니폼을 입은 점원들이 바쁘게 움직이는 모습은 서점에 묘하게 활력을 준다. 이 서점만의 특별한 무언가를 발견하지 못해 방황하고 있을 무렵, '자신에게 꼭 맞는 보물을 찾아보세요. 2층에 있습니다'라고 적힌 패널을 발견했다. '그래, 이대로 끝날 리가 없지.' 2층으로 이어지는 어둑한 계단을 올랐다.

2층은 아래층과 분위기가 사뭇 달랐는데, 아래층이 책을 재빠르게 쇼핑하는 공간이라면, 2층은 책을 탐독하기에 좋은 장소였다. 가운데엔 천장에 닿을 듯한 나무 한 그루가 있고, 그 주변에는 책에 푹 빠진 사람들이 앉아 있었다. 매일같이 이곳을 찾는 단골이거나 무료한 시간을 때우기 위해 잠깐 들른 사람도 있을 것이다. 나도 당장 저들의 일원이 되고 싶었지만 책방 주인을 만나봐야 했기에 잠시 미뤄두기로 했다.

이곳에는 문학, 미술, 철학, 인문 등 다양한 카테고리의 책이 있는데, '진주문고 추천도서'라는 코너를 발견하지 못했더라면 자칫 규모가 큰 지역서점 정도로만 생각했을지도 모른다.

추천도서는 직원들이 몇 가지 이슈를 선정하고 그와 관련된 책을 진열하는 것을 기본으로 한다. '책이란 무엇인가' '인간

의 상상력은 우주보다 넓다' 등등··· 통통 튀는 주제는 손님들의 이목을 끌 만했다. 그중 내 흥미를 끈 것은 '어머 이런 책도 있어?'라는 코너였는데, 소장 욕구를 불러일으키는 《이상한 나라의 앨리스 레시피》 양장본(무려 《이상한 나라의 앨리스》에 나오는 실제 요리 레시피다), 좀비에 대한 모든 것이 나와 있다는 《좀비사전》, 일상생활에서도 즐길 수 있는 모험을 소개한 《모험은 문 밖에 있다》라든가, 《야생동물 흔적 도감》 《연필 깎기의 정석》 같은 기발한 소재의 책들이 눈에 들어왔다. 책 아래 '이 책은 ··· 이렇습니다'라고 손글씨로 적어놓은 직원의 추천 문구가 정겹게 느껴진다.

"25명의 직원이 각자 파트를 맡아서 그 분야에 대해 공부하는 거죠. 서점을 찾는 분들에게 좋은 책을 선보이기 위해서요."

진주문고 대표 여태훈 씨의 서점 운영 철학은 명확해 보였다. 궁극적으로 서점을 "지역민과 함께 문화를 향유하는 공간"으로 만드는 것이다. 출판사 펄북스를 운영하며 가치 있는 책을 출판하는 것, 지역 주민을 위한 여러 문화 행사를 여는 것도 그 일환에서다. 물론 좋은 책을 선별해 소개하는 것이 우선이다.

"지난해 우리 서점 베스트셀러를 살펴보니 서점에서 어떤 책에 관심을 갖고, 어떻게 진열하느냐가 상당한 영향을 미친 것으로 나타났어요. 서점의 주관대로 좋은 책을 보여주는 것이 필요한 거죠. 지역의 명예가 걸린 서점들이 다함께 이런 시도를 한다면, 정말 좋은 책을 베스트셀러로 만들 수 있지 않을까요? 물론, 우선 책 선정 기준이 좋아야 하고, 누구에게나 공평한 기회를 줘야겠지요. 그런 의미에서 우리 서점에서는 단 한 권을 낸 신생 출판사의 책일지라도, 좋은 책이라면 가져오고 있어요."

《꿈꾸는 책들의 도시》에 등장하는 고서점 주인 스마이크는 이런 말을 했다.

"돈을 벌기 위해서는 흠 없는 문학은 필요 없다. 우리에게 필요한 것은 평범한 것, 덤핑 책, 파본, 대량 서적들이란 말이다. 많이, 점점 더 많이 생산하는 것이다. 점점 더 두꺼우면서도 내용은 별것 없는 책들 말이다. 중요한 건 잘 팔리는 종이지 그 위에 쓰여 있는 말들이 아니거든."

어떤 책을 접할지, 어떤 책을 사는지 재단되어 있을지도 모를 이 사회가 소설 속 세계와 별다를 바 없어 보였다. 하지만 최소한 이런 서점에서는 '종이 위에 쓰여 있는 말'을 중요하게 여기고 있을 것이다.

그는 나를 서점 한편에 있는 사무실로 안내했다. 출판사 겸 서점 사무실로 사용하는 공간인 듯했다. 가운데는 목재 탁자와 소파가 있었고, 각종 붓이나 다기茶器들이 벽과 장식장을 가득 메우고 있었다. 한 사람이 생활하기에 무난한 정도의 크기다. 여태훈 씨는 책방을 이 정도의 공간에서 처음 시작했다고 한다. 대학을 졸업한 후, 경상대학교 앞에 '개척서림'이라는 간판을 걸었다. 작은 방 한 칸에서 먹고 자며, 사회과학 서적을 놓고 판매했다. 재미있었지만, 실험을 해보고 싶었던 그는 2년 후 복합문화공간 '책마을'을 열면서 색다른 형태의 책방을 선보인다. 책을 판매하는 것뿐만 아니라 유료 회원에게 책을 대여해주기도 했고, 작가들이 모이는 것은 물론, 심지어 가수가 공연을 하기도 했다. 1990년대 초 사회 흐름이 바뀌면서 서점 이용자들이 줄기 시작하자 1991년, '진주문고' 간판을 달고 다시 전통 서점으로 돌아간다. 당시 진주에서 규모로는 세 손가락 안에 꼽혔다. IMF, 리먼 브라더스 사태로 또다시 서점이 위기에 몰린 적도 있지만, 차츰 안정기에 접어들고 있다.

"한번은 어떤 손님이 《희랍인 조르바》 책을 찾아서 직원이 《그리스인 조르바》를 드렸어요(2000년 이전까지 《그리스인 조르바》는 대부분 《희랍인 조르바》라는 제목으로 출간됐다). 이틀 후에 그 손님이 화가 나서 오신 거예요. 나는 《희랍인 조르바》를 달라고 했는데, 왜 다른 책을 줬느냐고. 어떻게 설명을 해야 할까 생각하다가, 무조건 잘못했다고 말씀드리고 그분이 원하는 책으로 바꿔드린 적이 있어요."

30년간 웃지 못할 에피소드도 많지만, 결과적으로 서점이 여기까지 올 수 있었던 것은 모두 지역 주민 덕이라고 그는 여러 번 말했다. 앞으로 이 서점을 문화공간으로 만들겠다는 것도 그동안 지역 주민에게 받았던 사랑을 일부라도 갚고 싶어서다.

지역에서야 워낙 이름난 서점이지만, 한때 진주문고라는 이름을 전국적으로 알리게 된 재미있는 사건이 있었다. SNS에 올린 사진 한 장이 발단이 됐다. 이명박 전 대통령의 자서전 《대통령의 시간》과 MB 정권의 문제를 짚어낸 《MB의 비용》, 이 두 책의 판매 스코어를 사진으로 찍어 '판단은 당신의 몫'이라는 제목으로 SNS에 올린 것이다. 이후 홍준표 경남지사의 무상급식 발언이 한참 논란이 되었을 때는 '경남도지사에게 권합니다'라는 제목으로 《밥값 했는가》《개념원리 수학》《징검다리 교육감》 등의 책을 진열해 SNS에 공유했다. 이 사진은 '오늘만 사는 진주문고' '진주문고의 패기'라는 제목으로 SNS에 급속도로 퍼지게 된다. 사람들의 열렬한 호응을 얻었음은 물론이다.

자본에 의한 마케팅으로 책을 파는 것이 아니라 이렇게 좋은 책을 선별한 편집 진열이 이 서점의 판매 방식 중 하나다.

"여기에 30~35만 권 정도의 책이 있어요. 예전에는 구색 위주, 양 중심이어서 대한민국에 나오는 모든 책을 최대한 다 갖춰놓으려고 했죠. 지금은 셀렉숍으로 차차 바뀌고 있어요.

아무래도 책 수요가 줄어드니까 양보다는 질적인 부분을 강조
하게 된 거죠."

　지금도 특별한 전시는 계속되고 있다. 고인이 된 신영복 선
생의 특별 기획전을 열기도 했고, '책벌레들의 서재'라는 코너를
통해 단골이 꼽은 책 열 권씩을 매월 바꿔가며 전시하기도 한다.

　서점을 돌아다니다 보면 팝업창처럼 놀라운 코너들이 툭
툭 튀어나와서 시간 가는 줄 모르고 책 탐방을 할 수 있을 것
같았다. '진주의 빛'이라는 코너에는 남해의 봄날이나 산지니
같은 지역 소규모 출판사들의 책이 전시되어 있었고, '진주, 진

주사람, 진주문화' 라는 코너에는 진주의 문화나 기록을 모은 책들, 진주 출신 작가가 쓴 책들을 한데 모아놓았다. 그것들이 진주문고에 색을 확실해 더해준다. 그 외에도 진주문고에서 운영하는 북클럽인 펄북클럽의 책이나, 책을 세 가지 사이즈로 출판하는 아티초크 출판사 코너도 있어서 숨은 책을 찾는 재미가 있었다.

다시 1층으로 내려가는 길이었다. 한 편집 진열 코너에서 남자 손님 한 명이 뭔가를 한참 동안 바라보는 것을 목격했다. 시선을 따라가 보니, '진주문고에 와서'라는 한 편의 글에 닿았다. '오래된 미래가 책숲에서 푸르다. 조선의 다순 가슴이 예서 뛰고 있다.'

진주문고가 꿈꾸는 서점의 모습을 여태훈 씨는 들려주었다.

"30년 후에는 아나피아(아날로그의 천국)를 만들고 싶어요. 아날로그로 대표되는 공간인 서점, 도서관, 출판사, 갤러리, 음악 감상실을 둔 복합문화공간인 거죠. 예를 들어 A라는 화가가 있다면 그분의 작품을 전시하고, 그분이 좋아하는 음악과 책 등을 하나의 꾸러미로 묶어서 공개하는 거예요. 책을 매개로 해서 문화예술이 가까이에 있다는 것을 체감할 수 있도록 말이죠. 나중에는 세계의 북 마니아들이 '이 아나피아를 보러 진주에 한번 가보자'라는 생각을 가지게 만들어보고 싶어요."

그 남자는 진주문고에서 그 글을 보며 책의 세계에 대해 어떤 생각을 하고 있었을까. 나 역시 30년 후의 진주문고는 어떤 모습으로 변해 있을까 상상해보며, 다시 책 읽는 사람들이 모여 있는 나무 기둥으로 향했다.

진주문고

주소   경남 진주시 진양호로240번길 8
연락처   055-743-4123
운영시간 월~금 10:00~22:30 (토, 일 22:00까지)
페이스북 facebook.com/jinjubook

골목 속 반짝이는 책공간 .. 헌책방 및 동네서점

진주문고
여태훈 대표가
추천하는 책

▦ 《이상한 나라의 앨리스》

책벌레인 친구는 이 책을 두고 자신
의 인생에서 최고의 책이라고 했다.
다시 잡은 이 책을 연거푸 읽고 고개
를 끄덕인 것은 지천명知天命을 넘어
서였다.

▦ 《연을 쫓는 아이》/할레드 호세이
니/현대문학

아프가니스탄의 역사와 비극을 배경
으로 한 아미르라는 소년의 성장소설
이다. 읽는 내내 먹먹한 가슴으로 연
鳶과 연緣, 그리고 연連을 생각했다.

▦ 《청춘의 독서》/유시민/웅진지식하
우스

저자가 청춘일 때 품었던 의문들을
책으로 풀어내고 있다. 지식 소매상
을 자처하는 저자는 동시대를 사는
내게 세상과 사람들에 대한 의문의
답을 주었다.

진주문고에서 운영하는
지역출판사 필북스

필북스는 진주문고의 여태훈 대표가
운영하는 지역출판사다.
서점과 출판사는 공생 관계이자, 이
해관계가 맞물린다. 서점에서 출판
사를 운영하는 것은 흔치 않은 일로,
어떤 특별한 계기가 있을 법도 하다.
이에 대해 여태훈 대표는 이렇게 말
한다.
"책을 오랜 기간 팔다 보니 책을 만들
고 싶은 욕구가 생긴 것이 첫 번째고,
두 번째는 인구 35만 명이 사는 도시
에 출판사 한 곳이 없어서야 되겠느
냐는 명분에서였다. 지역콘텐츠를 지
역서점이 세운 지역출판사에서 책으
로 만든다면, 세상에 대한 접근을 당
당하게 할 수 있을 거라고 생각했다."
이 출판사의 모든 운영은 철저히 지
역을 기반으로 한다. 콘텐츠, 편집 등
책을 만드는 모든 과정을 포함해 심
지어 출판사 로고도 지역 디자인 회
사에 맡겼다. 아이러니하게도 그것이
이 출판사의 가장 큰 어려움이 되기
도 한다. 지역 디자인 회사에 편집을
맡기려고 해도 마땅한 전문 인력이
없어 한계에 부딪힐 때가 종종 있다.

현재는 지역출판을 할 만한 인프라가 없어 어쩔 수 없이 수도권에 의지해야 하는 상황이라고 한다.

그럼에도 첫 책인 박남준 시인의 《중독자》는 5,000부를 찍을 만큼 반응이 좋았다. 이어서 《동네도서관이 세상을 바꾼다》, 중국 인민일보 사진작가가 자기 부모님을 30년간 찍은 사진에세이집 《백년 부부》, 진주 유등에 대해 다룬 그림책 《유등》 등 의미 있는 책을 끊임없이 출간하고 있다.

점. 여느 헌책방과 비슷한 구조지만, 15년간 헌책방을 운영해온 주인의 노하우로 서가 분류가 잘되어 있다. 진주나 지역 관련 책들도 많은 편이며, 입구에 적힌 "모든 책은 헌책이다"란 문구가 인상적이다.

주소 경남 진주시 진주대로 1149-1
연락처 055-748-4785

진주에서 가볼 만한 서점

⊞ 소문난 서점

진주고속버스터미널 2층에 있는 이 오래된 헌책방은 터미널에 있는 서점임에도 어마어마한 수의 장서를 자랑한다. 50여 년간 헌책방을 운영해온 주인의 세월이 응축되어 있는 곳으로, 찾기 어려운 책도 이곳에 가면 구할 수 있을지 모른다.

주소 경남 진주시 동진로 16
연락처 055-753-1238

⊞ 형설서점

4년 전 봉곡동 로터리 부근에 연 서

광대하고 예측 불가한 헌책의 세계,

헌책방 고구마

유리문 너머로 어마어마한 양의 책이 보였다. 문 앞에는 두툼한 《세계대백과사전》이 사람 키만 한 높이로 쌓여 있었고, 교실 두세 개를 합쳐놓은 것 같은 널찍한 공간에는 수백 권은 될 법한 책이 멋대로 널려 있었다. 노란 눈에 까만 털을 가진 고양이 한 마리가 그곳을 지키고 있었다.

"원래 고양이를 좋아하진 않았어요. 어느 날 느닷없이 책방에 쥐가 나오지 않겠어요? 그래서 고양이를 데려왔는데, 지금은 동반자 같은 사이죠." 이범순 씨가 고양이를 다정하게 쓰다듬으며 말했다.

헌책방 고구마는 도심과 동떨어진 곳에 자리하고 있었다. 주변에는 드넓은 논과 숲뿐이었다. 500미터 정도 떨어진 곳에 월문온천과 관광객을 위한 호텔 몇 개가 있었다. 인근에 초등학교가 있어 그나마 사람이 모여 사는 마을임을 알 수 있는 정도였다.

이 책방의 주인 이범순 씨는 헌책방을 기반으로 한 복합문화공간을 세우겠다는 계획을 가지고 야심 차게 화성시로 왔다. 거대한 서가를 중심으로 카페, 음악 감상실, 세미나실을 겸비한 2층짜리 건물을 세웠다. 서울 금호동에서 27년간 헌책방을 성공적으로 운영해왔던 그였다. 서점만의 도서분류 코드를 만들고, 아직 온라인서점이 없던 1998년에 온라인 판매 시스템까지 도입했다. 선견지명이 있는, 황무지를 개척하는 선구자형 사람처럼 보였다. 화성시로 온 것도 그의 그런 기질에서 시작된 것이리라 짐작했다. 그는 이 책방이 전문성과 복합화를 지향하는 요즘 추세에 딱 맞아떨어지는 공간이라고 했다.

처음에는 멀리서 오는 단골들도 많았고, 언론의 조명을 받기도 했다. 하지만 거기에서 그쳤다. 지역의 한계성이 가장 큰 장벽이었다. "밖에서 보는 지방과 직접 살아보는 지방은 많은 차이가 있다"라는 그의 말이 이해가 될 것도 같았다. 지역에 기여하고 싶은 마음으로 시작한 아이들 공부방마저 생각대로 되지 않았다. 그리고 얼마 전 매장을 정리했다. 무려 20억 원을 투자한 책방이었다. 물론, 책방이 완전히 사라진 것은 아니다. 차로 10분쯤 떨어진 곳에 새로운 책공간을 마련했다. 그는 나를 그곳으로 안내했다.

"여기도 근사한데요."

창고 같은 컨테이너 앞에 섰을 때 잠깐 든 실망감은 금세 수그러들었다. 책이 꽂힌 서가로 그득한 내부는 끝이 보이지 않았다. "헌책방 중 보유한 도서 양으로는 가히 국내 최고"라는 내용의 기사를 본 기억이 났다. 60만 권 가량이라고 했는데, 눈으로는 규모를 가늠할 수 없었다. 아직 책을 옮기는 중이라고 했다. 바닥에 무작위로 쌓아놓은 책이 종종 눈에 띄었지만, 서가에 있는 책은 대부분 깔끔하게 진열되어 있었다.

"얼마 전 오산에서 고객이 방문했는데, 정리가 잘돼 있어서 놀랐다고 그러시더라고요. 그곳에도 조그만 헌책방이 있는데 막 쌓아놓고 판다고 해요. 책방 관리는 철저히 하는 편이에요. 비용이 들어가긴 하지만 관리하지 않으면 상품 가치가 떨어

진다고 보니까요."

오래된 책에 대한 낭만이 있지만, 결국 책도 상품이다. 마구잡이로 쌓여 있는 책들 사이에서 먼지가 가득한 책을 일일이 꺼내보는 것을 선호하는 사람은 그리 많지 않을 것이다. 대형 서점들이 하나둘 중고 책 사업에 뛰어들고 있고, 사람들은 깔끔하게 정리된 서가에서 책을 고르는 것을 선호한다. 중고서점이 활성화되기 위해서는 '중고 서적은 낡은 것'이라는 프레임을 바꾸려는 움직임이 필요하다고 생각한다.

책방 주변은 숲뿐이어서 고요했다. 서가를 둘러볼 무렵에는 새소리와 나뭇잎이 바람에 스치는 소리만이 들려왔다. 칙칙한 녹색 바닥에 썰렁한 공기가 맴도는 창고였지만, 수많은 책이 이 안에 있다는 것만으로도 근사한 공간처럼 여겨졌다. 클래식하고 단단한 나무 서가가 일렬로 서 있는 풍경이 눈에 들어온다. 힘 있는 서점은 서가가 충실하다. 오랜 서점 운영 경험이 있는 그의 서가 구성 방식이 궁금했다. 가장 먼저 눈에 들어온 것은 서적 분류표였다. 그가 처음 서점을 운영할 때 대학에 개설되어 있는 학과 분류를 참조하고 책방에서 필요하다 싶은 항목을 절충해 분류 코드를 만들었다고 했다. 책이 많은 만큼 범위도 상세했는데, 사회 소수자 문제를 포함하고 있는 것이 인상적이었다. 이를테면 '문학/사회과학'의 하위분류에는 이탈리아, 중남미, 스페인 문학 등을 비롯해 북한 문학, 장애인, 청소년 문제, 동성애 소설 등이 포함되어 있다. 대형서점의 단순한 분류를 생각하면 상당히 개방적이면서도 이색적이다.

이 서가의 또다른 규칙은 책방 주인의 "학문에 대한 철학"

에 의한 것이었다.

"외국에서는 목사, 의사도 본과에 들어가기 전에 철학 공부를 먼저 해야 하거든요. 철학 공부를 제대로 해야만 의료 기술자가 아닌 의료인이 되는 거죠. 그런 의미에서 학문 서적을 연관 지어 배치해놓습니다."

이를테면 철학 분야는 서양철학부터 동양철학, 종교, 의학까지 자연스럽게 이웃 학문과 이어지도록 배치하는 것이다.

책방 주인의 공이 들어간 이 광활한 서가에서 무엇을 선택해야 할지 막막했다. 눈으로 대강 서가를 훑었다. 제목만 봐도 꽤 오래된 것으로 보이는 《장 크리스또프》《빵세》 등이 진열된 프랑스 문학 코너를 지나니, 〈세계 대미술관〉 시리즈가 눈에 띄었다. 1970년대 후반 탐구당 출판사에서 출간한 것으로, 프라도 미술관, 바티칸 미술관, 뮌헨 미술관 등 유명 미술관의 작품 도록이었다. 표지 상태가 썩 좋아 보이지는 않지만 단단한 커버 아래 인쇄된 작품들의 색감이 요즘 것들과 비교해도 뒤지지 않을 만큼 좋았다. 그 옆에는 로댕의 드로잉집이나 근대 화가들의 작품집이 차례로 진열되어 있었고, 또다른 서가에는 주인이 취미 겸 판매용으로 모아놓은 LP판이 빼곡하게 꽂혀 있었다.

비록 복합문화공간은 실패했을지라도, 책방을 꾸려나가는 것에 대한 그의 계획과 의지는 굳건해 보였다. 들어올 때부터 눈여겨봤던 책방 입구의 나무 사다리는 2층으로 이어져 있었다. 책에 둘러싸여 잘 보이지는 않았지만 2층에 다락 같은 작은 공간이 있다고 했다. 원래는 헌책방 고구마의 운영에 성공하면 바로 옆에 책 박물관을 건설할 계획이었다. 비록 무산되기는 했지만, 지금 이 공간에서 독서토론회 같은 작은 프로그램부터 시작하려 하고 있다.

"예전에 계획했던 프로그램 중에 '헌책 학교'라는 것이 있었어요. 오래 책방을 운영하다 보니, 책방을 어떻게 운영하는

지 궁금해서 찾아오시는 분들이 있더라고요. 사회적으로 헌책방에 관심 있는 분들이 있는 것 같아서 해소해주는 차원에서 만들어보고 싶었죠. 헌책방이나 헌책을 보는 면도 다양하거든요. 왜곡되어 있는 부분도 있고. 헌책방의 껍데기만 보는 게 아니라 속살까지 알 수 있는 프로그램인 거죠."

일본에선 은퇴자들이 작은 서점을 만드는 게 유행처럼 자리 잡고 있다고 했다. 본인이 소장한 책을 활용해 서점을 여는 것이다. 고서협동조합에서는 서점 개설을 위한 강좌와 세미나를 연다. 수익을 위한 것이 아닌 평안한 노후와 지역문화에 기여하는 차원에서다. 비슷한 맥락에서 헌책 학교가 실현된다면 사회적으로 상당히 의미 있는 일이 되리라는 생각이 들었다.

평화로운 오후였다. 여름 햇살이 책방 안으로 쏟아졌다. 임시로 칸막이를 쳐놓은 공간 앞에서 직원 한 명이 책 분류 작업을 하고 있었다. 책방을 나가려던 차에, 흰 승용차 한 대가 책방 앞에 멈춰 섰다. 어떻게 알고 찾아왔는지 모녀로 보이는 두 사람이 들어왔다.

"이쪽으로 언제 옮기셨어요? 여기기 더 넓은 것 같아요."

"그런가요? 책은 마음껏 보세요. 순서대로 꽂혀 있고, 보시고 제자리에만 놔두시면 돼요."

"또 이사 가실 건 아니죠?"

"모르죠, 허허. 혹시 거기서 고양이 못 보셨죠?"

어느 숲 속에 있는 거대한 헌책방의 보통의 날, 일상의 대화를 듣고 있자니 마음이 따뜻해졌다. 그에게 헌책방이란 '광대한 예측 불가의 세계'라고 한다. 우연을 거듭한 끝에 내 마음에 들어오는 책을 만나게 되었을 때의 희열은 겪어본 사람만이 안다. 그 세계를 지키려고 하는 그의 분투와 평화로운 서가 풍경의 조합이 무척이나 아이러니하게 느껴지는 순간이었다.

헌책방 고구마

주소　　경기도 화성시 팔탄면 월문길 84
연락처　031-8059-6096
운영시간　10:00~22:00
홈페이지 http://www.goguma.co.kr
※고구마는 온라인서점이 활성화되어 있는 곳이기도 하다. 보유 회원만 약 7만 명으로, 희귀한 중고 서적부터 절판된 책까지 다양한 유형의 책들을 구입할 수 있다.

헌책방에서 좋은 책을 고르는 것은 본인 노력의 결과이기도 하고, 우연의 일치로 만날 수 있는 것이기도 해요. 사실 저도 내일 어떤 책이 들어올지 모르거든요. 그만큼 헌책의 세계는 광대하고 예측할 수가 없는 거죠. 어떤 책을 만날지 알 수 없는 것이 헌책방의 메리트이자, 에너지의 근원일 수도 있고요. 좋은 책을 만났을 때의 희열 또한 엄청납니다. 헌책을 고르는 것은 그런 설렘이 있는 일이에요.

젊은 시절 저는 시와 문학을 좋아해 헌책방을 자주 드나들었어요. 김지하의 《오적》은 울면서 읽기도 했고, 러시아 문학을 특히 좋아했습니다. 도스토옙스키 책은 밥도 굶어가며 읽을 정도였으니까요. 요즘 학생들에게 고전은 꼭 읽으라고 권해요. 지혜의 집대성인 이런 책을 읽지 않으면 사람이 가벼워질 수밖에 없거든요.

인생의 물음에 책으로 답하다,
최인아 책방

다니엘 글라타우어의 소설《새벽 세시, 바람이 부나요?》에서 두 남녀가 운명처럼 엮이는 사건은 우연으로 시작된다. 잡지 정기 구독을 해지하려고 보낸 에미의 이메일이 언어심리학자 레오에게 잘못 발송되면서 두 사람은 운명처럼 만난다. 그 둘은 사랑 비슷한 묘한 감정을 느끼며 계속해서 이메일을 주고받게 된다. 소설이나 영화에서의 우연은 극적으로 사건을 만들어내는 장치 중 하나다. 현실에서의 우연은 가능성이나 희망에 가깝다. 허구와 실제 사이에 존재하는 이 개념을 문제 해결의 실마리로 여기는 것이다. 하지만 다소 냉철한 사람들은 인과관계가 없는 우연을 미심쩍게 여기기도 한다. 독일의 철학자

하르트만은 우연이란 단순히 "계산하지 못했던 것"이나 "근거가 없는 것"을 의미한다고 했다. "우연이란 존재하지 않는다. 무엇인가를 절실하게 필요로 하는 사람이 자신에게 정말로 필요한 것을 찾아내면 그것은 그에게 주어진 우연이 아니라 그 자신이, 그 자신의 욕구와 필요가 그를 거기로 인도한 것이다." 《데미안》에서의 독백처럼 우연은 마음 깊은 곳의 의지가 자기도 모르게 드러나면서 발생하는 사건인지도 모른다.

최인아 책방은 이렇듯 이유 있는 우연에 의해 연 서점이다. 대표 최인아 씨는 광고계에서 유명 인사였다. '그녀는 프로다. 프로는 아름답다' '당신의 능력을 보여주세요' 등 유명한 카피를 만들어냈고, 제일기획 부사장으로 임명돼 삼성 최초 여성 부사장이라는 타이틀을 얻기도 했다. 그렇게 승승장구하던 그녀는 2012년 돌연 퇴사한다. 그리고 4년 뒤, 누구도 예상치 못했던 서점 주인이 되어 돌아온다.

지적 호기심이 강했던 그녀는 은퇴 후 배움에 집중하고 싶었다고 한다. 바람대로 대학원에 진학해 원하는 공부를 시작했지만, 2년쯤 지나니 일을 다시 하고 싶은 마음이 간절해졌고 결국 평생 해왔던 광고 일을 다시 시작하기로 한다. 광고 회사를 준비하던 어느 날이었다. "사람들이 책을 더 많이 읽게끔 할 해법을 찾아달라"는 프로젝트가 들어왔고 그때 누군가의 입에서 이런 이야기가 나왔다. "이거 우리가 직접 하면 안 될까?" 다른 사람들이 동의하면서 즉시 서점을 하기로 결정했다. 최인아 씨는 순전한 우연으로 일어나거나 즉흥적으로 결정된 일은 아니라고 했다.

"다들 책에 대한 씨앗을 갖고 있었다고 생각해요. 거기 있던 누군가가 불을 지핀 것뿐이고요."

서점을 운영하는 사람들을 만나보니 개인의 성향은 제각각이었지만 공통점이 하나 있었다. '책과 항상 가까이 있는 사람들'이라는 것이었다. 출판과 관련된 일을 했거나, 사서 또는 작가 출신, 어릴 때부터 책과 어떻게든 친밀하게 지내왔던 사람들이 대부분이었다. 책과 밀접하게 지내온 모든 사람이 서점을 운영하게 되는 것은 아니지만, 적어도 서점을 운영하는 누군가는 오래전부터 자신도 모르는 사이 책에 대한 열망을 품어온 사람일 것이다. 최인아 씨가 동료들과 서점을 하기로 결정한 후, 일은 일사천리로 진행됐다. 서점의 성격, 타깃, 장소를 결정하고 후배 정치헌 씨와 함께 6개월 만에 서점을 열었다.

최인아 책방은 선릉역에서 멀지 않은 고풍스러운 건물 4층에 자리하고 있었다. 높은 고층 건물들 사이로 보이는 산뜻한 초록 간판은 마치 도시 안의 숲처럼 청량한 느낌을 준다. 문을 연 지 얼마 되지 않았는데도 유명세를 타는 것은 여러 이유가 있겠지만, 서점 공간의 매력을 빼놓을 수 없다. "유럽의 아름다운 서점 같다." "미국 도서관과 비슷하다." 서점에 들어서면 어떤 의미에서 하는 말인지 단번에 이해할 수 있을 것이다. 이 서점은 두 개의 층을 터서 사용하고 있었는데, 고개를 뒤로 젖혀야만 볼 수 있는 높은 천장에는 화려한 샹들리에가 걸려 있었다. 벽에는 단이 열 개 정도 있는 책장이 천장 끝까지 이어져 있다. 한쪽에는 음악회가 열릴 때 사용할 법한 그랜드피아노가 있고, 분위기에 어울리는 클래식 음악이 서점 안에 잔잔하게 흘렀다. 창이 크게 나 있어 빛이 가득 들어왔는데, 자연광이 책을 더 우아하게 만들어주는 것 같았다. 사람들은 의자에 몸을 파묻은 채 책을 읽고 있었다. 확 트인 공간임에도 독립적이라는 생각이 든 것은, 책 읽는 사람들이 차를 마실 때를 제외하곤 시선을 다른 곳에 두거나 고개를 드는 일이 없었기 때문이다. 오로지 책과 자신만 있는 듯이 책의 세계에 몰두하고 있는 것처럼 보였다.

　　보통 변화가에 있는 작은 서점이 그렇듯 젊은 여성들이 압
도적으로 많았지만 의외로 중년 남성들도 눈에 띄었다. 안경을
쓴 정장 차림의 그들은 가끔 핸드폰을 꺼내 서가 풍경을 촬영
하거나 '당신이 중년 즈음이라면'이라는 코너에 진지한 표정으
로 서 있기도 했다. 정확한 이유는 모르겠지만, 그들의 향수를
불러일으키거나 감수성을 자극하는 어떤 요소가 이 서점에 있
는 것이라고 생각했다. '생각의 숲'이라는 서점의 슬로건처럼 이
곳에 들어서는 순간 일상에서 벗어나 자신의 생각을 대신 해
주는 책의 세계에 푹 빠지는 데 매료되는 건지도 모르겠다.

　　서가의 끝에는 2층으로 이어진 목조 계단이 있었다. 2층의

작은 공간은 아래층의 절반도 안 되는 작은 크기로, 다락방과 비슷했다. 바닥에는 부드러운 카펫이 깔려 있고, 푹신해 보이는 의자와 낮은 테이블 대여섯 개가 놓여 있었다. 서점 대표가 추천하는 책, 여행 책이 있는 작은 책장도 보였다. 이 다락방의 매력은 1층의 너른 서재가 한눈에 내려다보인다는 점이다.

'사람들이 책을 읽게끔 하는 서점'이 애초 이 서점의 목표였다. 서점의 공간 역시 "저절로 책을 읽고 싶은 공간"이 되어야만 했다. 내가 가질 순 없지만 꿈꿔왔던 서재, 또는 무료한 시간을 책으로 달래고 싶은 그런 서점 말이다. 책을 그렇게 좋아하지 않는 이들에게도 해당한다. 문 옆에서 책을 뒤적이고 있을 때, 커다란 방송용 카메라를 든 촬영 팀이 내 옆을 지나가며 작게 말했다. "여기 진짜 멋있는데요. 다음에 한번 다시 와봐야겠어요."

"사람들에게 책을 읽게 하자"는 기획은 서가의 구성에도 반영되어 있다. 편집서점의 형태인데, 신간이나 베스트셀러는 이곳에서 볼 수 없다. 그렇다고 문학, 철학, 역사와 같은 일반적인 분류로 책을 나눈 것도 아니다. 삶을 살아가면서 부딪을 수 있는 도전 과제 열두 가지를 선정하고 그에 따라 책을 분류했다. '불안했던 20대에 용기와 인사이트를 준 책' '서른 넘어 사춘기를 겪는 방황하는 영혼들에게' '고민이 깊어지는 마흔 살들에게'처럼 연령별 고민이나, '무슨 책부터 읽어야 할지 고민인 그대에게' '아이디어가 막힐 때 이 책들에서 영감을!!' '재미가 좀 부족하다면' 같은 삶의 돌파구가 될 만한 주제도 있다. 또 한 가지 재미있는 요소는 책에 꽂혀 있는 책갈피다. 거기에는 누가, 왜 이 책을 추천했는지 손글씨로 적혀 있다. 이 서점에는 약 5,000권의 책이 있는데 이 중 1,600권 정도는 최인아 씨가 지인 160명으로부터 추천을 받아 구성했다. 책을 추천하는 플랫폼은 많지만, 누가 왜 추천했는지 밝히는 곳은 없다. 책갈피

에 있는 추천글을 보고 책을 읽고 싶어지는 경우도 있을 것이고, 내가 좋아하는 책을 찾아 누가 그 책을 즐겨봤는지 슬쩍 들여다보는 것도 또다른 재미가 될 것이다. "나를 황홀하게 만드는 책은 그 책을 다 읽었을 때 작가와 친한 친구가 되어 언제라도 전화를 걸어서 자기가 받은 느낌을 이야기할 수 있었으면 좋겠다는 느낌을 주는 책이다."《호밀밭의 파수꾼》의 이야기가 여기서는 자연스럽게 실현되고 있다.

이날은 책방 콘서트가 열리는 날이었다. 문화 행사를 여는 서점은 요즘 들어 많이 늘어났지만 이 서점의 기획은 조금 더 특별하다. 음악회는 서가의 열두 개 주제와 맥락을 같이한다.

이를테면 브람스 음악회가 열리는 날에는 '마흔의 고민이 깊어질 때'라는 주제를 선정해 브람스는 이 시기에 고민을 어떻게 풀어냈는지 이야기하고, 피아노, 바이올린, 첼로 연주자들이 모여 그의 곡을 연주한다. 이어 《브람스를 좋아하세요》 같은, 주제와 관련 있는 책을 관객과 공유한다.

2층 난간 옆에는 "앞으로 손님들이 추천한 책을 서점에 놓을 수 있도록 하겠다"는 내용의 안내 포스터가 붙어 있었다. 이 서점에서는 책이 내 생각과 경험을 다른 사람들과 공유하게 해주는 매개체가 될 것이다. 종이를 넘기다 발견한 책갈피에서 나와 같은 경험을 한 얼굴조차 모르는 사람에게 친밀감을 느끼고, 음악회에서는 좋아하는 예술가와 같은 생각으로 이어져 있다는 느낌을 받을 수도 있다. 과거부터 현재까지 시간과 공간에 구애받지 않고 촘촘히 이어진 네트워크가 있는 이 아지트에서 억지스러운 우연은 존재하지 않을 것 같다는 생각이 들었다.

최인아 책방

주소   서울시 강남구 선릉로 521 4층
연락처   02-2088-7330
운영시간   11:00~21:00 (토, 일 20:00까지)
페이스북   facebook.com/choiinabooks

최인아 책방
최인아 대표가
추천하는 책

📖 《와일드》/셰릴 스트레이드/나무의철학
어린 시절 부모의 이혼을 겪고 성인이
되어 본인도 이혼의 아픔을 맛보고
마약까지 손대게 된다. 젊은 나이에
인생의 온갖 쓴맛을 본 저자가 떠나
고 걷는 이야기를 담은 책이다. 미국
서쪽 태평양 해안을 따라 남쪽의 멕
시코 국경에서 캐나다 국경까지 이어
진 4,000킬로미터의 길을 '퍼시픽 크
레스트 트레일Pacific Crest Trail'이라고
하는데, 배낭을 메고 그 길을 걷는 과
정에서 자신과 제대로 대면하며, 스
스로 생각하고, 곱씹어보고, 버릴 것
은 버린다. 그리고 길 끝에 도달했을
때, 저자는 치유된다. 리즈 위더스푼
이 이 책을 보고 감동을 받아 직접 제
작과 출연을 해 영화로도 만들어졌
다. 마음이 복잡하고 힘들고 흔들릴
때 이 책을 추천하고 싶다.

📖 《콰이어트》/수잔 케인/알에이치코리아
요즘 세상은 "적극적으로 해야 한
다" "긍정적인 사고를 가져야 한다"
등 외향적인 것을 강조하고 있다. 하
지만 본질을 보면 내향적인 사람들
이 세상을 바꾸어나가다는 것을 알
수 있다. 이 책에서는 내향적 기질이
어떻게 세상을 움직이는지에 대해 이
야기한다. 저자 역시 내향적 성격인
데도 협상 전문 변호사로 힘들게 일
한다. 결국 일을 그만두고 본인처럼
내향적인 사람들을 분석하기 시작한
다. 정말 내향적인 사람들은 대부분
조직에서 바라보듯 역할이 없는 걸
까. 결과는 아니라는 것이다. 아인슈
타인, 고흐 등 세상에 중대한 발자취
를 남긴 사람은 내향적인 성향의 사
람이었다. 그런 내향성의 내면을 깊이
있게 다룬 책이다.

📖 《신의 위대한 질문》/배철현/21세기
북스
서울대 종교학과 배철현 교수가 성서
원전을 바탕으로 깊이 있는 해석을
한 책이다. 그렇다고 기독교인들을
위한 책은 아니다. 성서를 보면 신은
질문을 던질 뿐이지 대답하지 않는
다. 스스로 그 질문에 대답을 찾도록
유도할 뿐이라는 것이다. 본인이 해
답을 찾아가는 과정이 인생의 문턱
을 하나씩 넘어가는 과정이라고 생
각한다.

4

취향의 책방

한 분야에 특화된 전문 서점 및 도서관

미스터 버티고

매거진랜드

추리문학관

포토박스

문학 전문 서점,
미스터 버티고

1836년, 영국 유명 작가 찰스 디킨스와 채프먼 앤드 홀 출
판사는 《피크위크 클럽의 기록The Pickwick Papers》이라는 소설책
한 권을 무려 20권으로 분책해 판매한다. 일종의 마케팅 전략
으로 책을 2주에 한 권씩 발간해 권당 2실링에 판매한 데다 광
고까지 실었다. 여기서 끝이 아니다. 책은 마지막 권까지 사야
만 완벽하게 제본할 수 있었다. 마지막 책이 분량이 가장 많았
고, 속표지와 삽화도 포함되어 있었기 때문이다. 작가의 입장
에서는 글을 쓰는 데 고충이 있었다. 매번 글 마지막을 어느 장
면에서 끊을지 고민해야 했고, 심지어 독자의 요구에 따라 중
간에 내용을 바꾸기도 했다. 긍정적인 효과도 있었다. 비싼 가

격 탓에 쉽게 볼 수 없었던 책을 서민들도 볼 수 있게 된 것이다. '페니 드레드풀penny dreadful'도 그 연장선에 있다. 제본도 안 된 싸구려 종이에 소설을 인쇄해 1페니에 판매했던 이 책을 노동자들은 부담 없이 구입해 보기 시작했고, 소설 판매량도 급증했다고 한다.

여전히 소설은 대중적인 장르임에도 문학만을 취급하는 전문 서점 하나 없다는 것이 의아했다. 자기계발서가 베스트셀러에서 오랜 기간 승승장구하고 있는 동안 문학은 돈벌이 안 되는 상품으로 전락하고 만 것일까. 특정 작가의 열렬한 팬이 아니라면 문학책은 한 번 읽고 버리는 소모품 정도로 생각할지도 모른다. 그런 의미에서 문학만을 다루는 서점 미스터 버티고가 생긴 것은 반가운 일이다. 이 서점의 이름은 폴 오스터의 《미스터 버티고》라는 소설 제목을 그대로 따온 것이다(지금은 《공중곡예사》라는 제목으로 출간된다). 서점이 생존하기 어려운 지금, '버티고'란 이름이 의미심장하게 다가왔다.

누군가가 서점 창가에 앉아 팔짱을 끼고 몸을 뒤로 한 채 눈을 감고 있었다. 바로 서점으로 들어가지 않았다. 그 평온한 모습이 이 책방과 어울린다는 생각이 잠깐 들었기 때문이다.

평범한 상점이 드문드문 들어선 반듯한 거리의 끝, 미스터 버티고 서점은 유독 눈에 띄는 모양을 하고 있었다. 서가가 환히 비치는 통유리로 된 창, 책 전시용 쇼윈도, 오후에 차를 마시며 책을 읽기에 딱 알맞아 보이는 나무 데크 테라스…. 누군가는 우뚝 멈춰 서서 이곳이 카페인지 책방인지 궁금해하다 낯선 곳에 차마 들어갈 용기가 없어 그냥 지나치고 말 것이다. 반면 호기심 넘치는 어떤 이들은 별생각 없이 들어갔다가 서점의 풍경에 반해 이곳을 단골 책방으로 삼겠다는 결심을 할지도 모른다. 한가한 평일 오후, 서점 미스터 버티고는 책 애호가들의 호기심을 유발하는 모습으로 일산의 조용한 골목에 자리하고 있었다.

인터넷서점에서 일했던 신현훈 씨는 어차피 정년퇴임을 할 거라면, 한 살이라도 젊을 때 새로운 일을 시작하는 편이 좋을 거라 생각했다. 그리고 퇴사 후, 자신이 잘 아는 분야인 서점을 차렸다.

"작은 서점이니 경쟁력을 갖출 만한 전문성이 있어야 했죠. 이왕이면 좋아하는 분야를 다루고 싶어서 문학 책방을 내게 됐어요. 2015년에 문을 열었는데 아직 자생할 수준으로 운

영되는 건 아니에요."

서점 한편에 있는 카페에서 직접 내린 커피를 가져오며 그는 말했다.

유럽의 개성 있는 작은 서점을 보며 아이디어를 얻었고, 때마침 도서정가제가 시행되면서 서점을 운영하는 것도 괜찮겠다는 생각을 했다. 서점이 어느 정도 자리 잡은 후에는 단골손님도 생겼다. 안정적인 수익만 보장된다면 더할 나위 없겠지만 책 읽는 사람이 줄어든 요즘 쉽지만은 않은 일이다.

다양한 문학작품을 볼 수 있는 것이 이 서점의 매력이

지만, 책 배열 방식 또한 남다르다. 영국 서점 '돈트북스Daunt Books'의 진열을 참고해서 작가가 '태어난 나라'를 기준으로 분류했다. 그리고 다시 그 안에서 작가별로 나누는 방식이다. 예를 들어 프랑스 문학 코너 앞에 가면 빅토르 위고의《레미제라블》《웃는 남자》《파리의 노트르담》등 그의 모든 책이 일렬로 전시된 것을 볼 수 있다.

"문학 전문 서점이라면 대형서점의 문학 코너보다 더 알차게 꾸려야 한다고 생각했어요. 처음에는 30~50평 정도 되는 크기에 1만 권 이상의 장서량은 갖춰야 경쟁력이 있을 거라고 봤는데, 사정상 그 정도 규모는 되지 않고요. 18평 정도의 공간에 7,000권의 장서가 있죠. 앞으로는 '어떤 작가의 소설책을 찾으려면 일산의 미스터 버티고로 가라'라는 말을 들을 수 있을 정도의 정체성을 갖고 싶어요."

이를 위해 유명 작가의 책은 가능하면 전부 갖추고, 특히 절판이 잘 되는 외국 소설은 중고로라도 구입해 충실한 서가를 꾸리기 위해 노력하고 있다.

갑자기 손님이 연달아 들어왔다. 모자를 깊이 눌러쓴 한 여자는 "전화로 물어봤던 그 시집을 사러 왔다"며 책을 건네받고선 카푸치노 한 잔을 주문해 창가에 자리를 잡았고, 다음으로 들어온 남녀 커플은 무작정 카운터로 가 커피를 주문하더니 뒤늦게 이곳이 서점임을 알고는 신기한 듯 서가를 돌아다니기 시작했다. 서점 주인은 커피를 내리면서 "북카페는 아니지만 창가에 있는 중고 책들은 그냥 봐도 된다"고 덧붙였다. 서가에서 꽤 오랫동안 시간을 보내는 걸로 보아 여기가 꽤 마음에 드는 모양이었다. 외지인이 가끔 들르기는 하지만 주요 고객은 동네 주민들이다.

"집 근처에 책방이 생겨 그동안 잊고 있었던 책 읽기를 시작했다면서 가끔씩 책을 사 가시는 할아버지가 있어요. 물론 사 가신 책은 대부분 노자, 전국책 등 동양 고전이었죠. 한번은 고3 학생이 선생님에게 책 선물을 받고는 보답으로 선물할 책을 추천해달라고 한 적도 있었어요. 《잘라라, 기도하는 그 손을》이라는 책을 추천했는데, 그 후로 그 친구는 우리 책방의 단골이 됐죠. 요즘은 대입 준비를 하느라 그런지 조금 뜸한데, 또 오겠죠."

손님들이 점점 늘어나는 바람에 서점 주인도 바빠져서 더 이상 이야기를 나눌 수 없었다. 서가를 구경할 시간이 생겼다.

그와 대화할 때 나는 카운터 앞 작은 원형 테이블에 앉아

있었다. 창가 자리를 제외하고 서점의 4분의 1 정도 되는 공간
에 테이블을 배치해 카페 형태로 공간을 구성했다. 내 왼쪽에
서가가 있었다. 책이 가득 들어찬 고동색의 단단한 나무 책장에
온통 신경이 쏠렸다. 인터뷰 내내 서가를 둘러보고픈 마음이 간
절했는데, 구경하기에 최적화된 서점 분위기 때문인지 흥미로운
제목이 적힌 화려한 책등에 홀린 까닭인지 알 수 없었다.

그가 말한 대로 책은 나라별, 작가별로 진열되어 있었다.
가장 많은 양을 차지하는 영미권 문학을 비롯해, 프랑스, 독일
은 물론이고 북유럽이나 아랍권, 중남미까지 흔히 볼 수 없는

나라의 작품들도 있었다. 문학책이 대부분이긴 하지만 사람들이 찾는 도서를 아예 배제할 수 없어 에세이나 인문, 베스트셀러에서 괜찮은 책들을 일부 들여오고 있다. 아이러니하게도 갖춰놓은 장서는 문학이 월등하게 많지만 팔리는 책은 에세이나 인문 쪽이라고 한다.

'서점이 주목하는 신간'이라든가, '글쓰기를 위한 유시민의 추천도서' 같은 기획 컬렉션이 눈에 띄었다. 서점 주인이 특별히 추천하는 책들만을 모아놓은 서가도 있었는데, 한국 소설부터 세계문학 작품까지 범위가 넓어서 어떤 취향을 가졌는지 짐작할 수 없었다. 한쪽 책장에는 이곳을 다녀간 작가들의 사인이 붙어 있었다. 황석영, 김중혁, 최혁곤 등 이름만 들어도 알 법한 유명한 작가들이다. 알고 보니, 작가와의 만남이나 방송 프로그램 등 행사차 이곳에 들러 인연을 맺었다고 한다. 이 동네에 사는 황석영 작가는 자주 이 책방에 들른다고 하니, 미스터 버티고에 드나들다 보면 좋아하는 작가를 우연히 만날 수 있을지도 모르겠다.

원래 구입하려던 조지 오웰의 《코끼리를 쏘다》 대신 《잔혹함에 대하여》 《시간여행자의 유럽사》가 내 손에 들려 있다. 별생각 없이 충동적으로 집어 든 책이었다.

"결국 고르신 게 문학책이 아니네요. 서점 장르를 바꿔야 할까 봐요, 하하."

서점 주인의 말이 농담으로만 들리지 않는 것은 정말로 그런 상황이 일어날지도 모른다는 불안감이 순간 엄습했기 때문이다. 미안한 마음에 꼭 다시 들르겠다는 말을 건네고 서점을 나섰다.

미스터 버티고

주소   경기도 고양시 일산동구 강송로73번길 8-2
연락처   031-902-7837
운영시간 10:00~22:00
홈페이지 http://blog.naver.com/vertigo70

미스터 버티고
신현훈 대표가 추천하는 책

▣ 《오 봉 로망》/로랑스 코세/예담
'좋은 소설만 파는 서점'을 운영하는
주인공이 나오는 프랑스 소설이에요.
제가 하고 싶었던 책방과 비슷한 책
방이 소설에 나와서 재미있게 읽었네
요. 물론 프랑스 소설에서도 그 책방
은 결국 살아남지 못하고 없어져요.
저는 프랑스 소설에서도 이루어지지
않는 일을 지금 하고 있는 거죠(역시
미친 짓이 아닌가 싶어요).

▣ 《잘라라, 기도하는 그 손을》/사사
키 아타루/자음과모음
책방을 열고 나서 나중에 읽은 책인
데요. 한마디로 충격이었죠. 이 책을
몇 분한테 소개했는데 다들 좋은 반
응이었어요. '읽고 쓴다는 것, 그것이
바로 혁명이다'라는 문구로 유명한
책이에요.

▣ 《파운틴헤드 1, 2》/아인 랜드/휴머니
스트
아인 랜드라는 러시아계 미국 소설가
가 쓴 오래된 소설이에요. 미국의 마
천루를 만든 건축가 이야기인데, 아

주 재미있게 읽었어요. 예전에 마천
루라는 이름으로 저작권 계약 없이
출간되었는데 휴머니스트 출판사에
서 정식으로 판권을 계약해 2011년
에 다시 출간했죠. 시대적으로 공간
적으로 이국적인 데다 아주 긴 이야
기도 재미있게 읽을 수 있다는 것을
알게 해준 작품이에요.

일산의 가볼 만한 책방

▣ 알모책방
어린이 청소년 전문 서점. 참고서나
문제집을 제외한 좋은 책을 깐깐하
게 선정해 판매한다. 동화 작가들과
함께 책 읽는 모임이라든가 책 고르기
등 어른이 아이를 이해하는 데 도움
을 줄 수 있는 강좌들도 열고 있다.
주소 경기도 고양시 일산동구 정발산로
196번길 7-7
연락처 031-932-4808
운영시간 10:00~18:30 (월 휴무)
홈페이지 http://cafe.daum.net/al-
mobook

▣ 한양문고
일산에서 가장 큰 서점으로 다양한

분야의 도서를 갖추고 있는 것은 물론, 저자 강연회, 음악회, 인형극 같은 다양한 문화 행사를 열거나 지역 주민을 위해 강의실을 무료로 개방하는 등 주민들과 소통하는 서점이 되기 위해 노력하고 있다.

주소 (주엽점)경기도 고양시 일산서구 중앙로 1388 태영플라자 지하1층

연락처 031-919-9511

운영시간 10:00~22:00

홈페이지 http://hanyangbooks.com

📖 **후곡문고**

꾸준히 자리를 지키고 있는 서점. 서가는 청소년을 위한 학습서가 많은 편이지만, 지역에 오래 자리한 만큼 저자와의 만남, 클래식 공연 등 지역 주민들을 위한 문화 프로그램을 꾸준히 운영하고 있다.

주소 경기도 고양시 일산서구 일산로 577

연락처 031-925-4300

전 세계의 잡지를 볼 수 있는 서점,
매거진랜드

서점의 문을 열고 들어섰을 때, 마치 책의 동굴 안에 들어온 것 같았다.

일본 작가 다니자와 에이치는 수집한 장서가 증식해 서재에서 방까지 흘러넘치는 지경이 되자 '발굴용 장서 찾기 지도'를 그렸다고 했다. 이곳 역시 지도가 필요하지 않을까 하는 생각이 들었다. 빽빽하게 올라선 책들 사이를 거닐며 누구에게 말을 붙여야 하나 망설이고 있을 때, 머리 높이만큼 쌓인 책 더미 너머로 두런두런 사람들의 목소리가 들렸다.

"이거 말고 다른 책은 없을까요?"

"그럼 이건 어때요. 이번에 새로 들여왔는데…."

"음, 이런 디자인도 괜찮은 것 같네요."

안으로 깊숙이 들어가고 나서야 대강의 서점 풍경이 눈에 들어왔다. 세 여자와 한 남자가 좁은 통로에 일렬로 서서 이야기를 나누고 있었다.

몇 마디를 더 주고받은 뒤, "천천히 보세요. 필요한 책이 있으면 꺼내줄게요"하고 서점 주인인 듯한 남자가 말하자 여자들은 고개를 주억거리며 다시 책으로 고개를 묻었다.

책방 주인과 상의하며 책을 찾아가는 서점은 흔치 않다. "아버지 생신에 선물하기 좋은 책은 뭘까요?"라든가 "루마니아의 드라큘라에 대해 다룬 책이 있을까요?" 같은 궁금증은 대부분 인터넷에서 해결하고, 그것이 온라인서점에서의 구매로 이어진다. '책의 안내자'라는 기능이 상실된 것도 서점으로 사람들의 발걸음을 뜸하게 하는 이유가 아닐까.

매거진랜드 서점은 다루는 서적의 특성상 대화가 많을 수밖에 없는 곳이었다. 디자인 관련 외국 서적과 잡지를 주로 판매해 디자인, 인테리어 전문가가 주요 고객이다. 즉, 이쪽 지식에 해박하지 않으면 손님을 상대하기가 만만치 않다. 그 방면으로 반은 전문가가 되어 목적에 맞는 책을 권할 수 있어야 하

고, 손님이 원하는 책을 바로 앞에 내놓을 수 있을 만큼 서점의 지도를 머릿속에 담고 있어야 한다. 《서점은 죽지 않는다》라는 책에 등장하는 사와야 서점의 역사 코너 담당자 다구치 마키토 씨의 사연이 재밌다. 그는 역사 코너를 맡게 된 후 600권의 역사책을 읽었다고 한다. 역사소설의 전체 흐름을 알고 있어야 "가장 뛰어난 역사소설"을 진열대에 놓을 수 있다는 것이다. 결국 그가 추천해 진열한 《1858년의 대탈주安政五年の大脱走》라는 작품은 새롭게 주목받기 시작해 책을 증쇄하기에 이른다. 서점 주인의 역량에 따라 책과 서점의 운명이 달라지는 것이다.

이런저런 생각에 잠겨 있을 때, 세 명의 여성은 구미가 당기는 책이 없었는지 다음에 오겠다는 말을 남기고 자리를 떴다.

"방금 가신 손님들은 유명 연예기획사에서 일하는 사람들인데, 자료를 찾으러 종종 들르곤 한답니다." 서점 주인인 이규택 씨가 귀띔해주었다. 국내에서 구할 수 없는 귀한 책들이 많다 보니, 디자인 업계에서 유명한 서점으로 통하는 모양이었다. 외국 서적을 취급하는 서점이 많지 않던 시절인 2000년 11월에 이 서점은 문을 열었다.

"15년 전만 해도 홍대의 이쪽 지대는 시골이었어요. 지금이야 한 시간에 100명이 지나가는 곳이지만 당시에는 하루에

100명도 지나갈까 말까 하는 외진 곳이었죠. 서점을 개점할 때 다들 6개월이면 문을 닫을 거라고 했어요. 하지만 디자인, 예술 분야의 책이 서점의 매력적인 아이템이 될 수 있으리라 생각했어요. 시중에서 쉽게 구할 수 없는 책들인 데다, 저렴한 가격으로 판다면 필요한 사람들은 멀리서라도 올 거라고 생각했죠."

국내에서 구하기 힘든 책을 저렴하게 살 수 있다는 것이 장점이었다. 초반 3년간은 적자였지만, 슬슬 입소문이 나면서 손님이 늘었다. 특별히 신경 쓰지 않아도 책이 저절로 팔릴 정도였다. 지금은 그때 같지는 않지만, 한번 이곳에 발을 들인 사

람은 한 달이든 1년이든 꼭 다시 한 번 이곳을 찾는다. 이 서점이 15년째 한자리에 있을 수 있는 것도 그 덕분이다.

이규택 씨는 인터뷰 중에도 쉴 새 없이 몸을 움직이고 있었다. 구석에 있는 책을 모아서 다시 진열하기도 하고, 포장하는 작업을 했다. 한쪽에는 잡지 정기 구독자들에게 보낼 서류 봉투가 산처럼 쌓여 있었다. 가까이 있음에도 그가 고개를 숙이거나 한쪽으로 몸을 기울이면 책에 묻혀 얼굴이 보이지 않았다. 그럴 때면 뒤에 있는 책장에 저절로 시선이 갔는데, 화려한 표지의 두꺼운 책이 잔뜩 꽂혀 있었다. 숫자나 알 수 없는 문자로 그득한 책장을 보고 있자니 머리가 뱅뱅 도는 기분이어서 시선을 돌릴 수밖에 없었다.

평일 오후인데도 손님은 꾸준히 들었다. 대부분 어떤 유형의 책이 있는지 구체적인 내용을 들어서 물으면 적당한 책을 소개해주는 식이었다. 가격 때문에 작은 실랑이가 벌어질 때도 있지만 대부분 서점 주인의 패배로 끝난다. 기억에 남는 손님에 관해 묻자 그는 브라질에 산다는 한 70세 손님에 대해 이야기했다.

"브라질에서 봉제업을 하는 분인데요, 1년에 두 번 한국에 들어오세요. 그때마다 여기를 꼭 찾습니다. 브라질의 특이한 옷이라든가 먹을거리를 들고 오면서 제 안부를 물어요. '안 아팠죠? 별일 없었죠?'라고. 고마운 마음도 들고, 이럴 때 서점 하길 잘했다는 생각이 들죠."

확실히 서점에 활력을 주는 공통분모는 '사람'이었다. '사람들이 책을 많이 사는 것'에 대해 이야기하는 것이 아니다.

"책이 잘 팔려요"보다 "책을 보는 사람들과 이런 일들이 있었어요"라고 이야기할 때 그들의 눈은 생기가 돌았다. 서점이 실린 기사를 오려서 주머니에 넣고 다니다 5년 후에 서점을 찾은 사람이라든지, 우연히 서점에 들렀다 아는 사람을 만나 함께 책을 사는 이들, 서점이 문을 닫은 날 급하게 책을 구하기 위해 지방에서 올라온 사람 등 에피소드는 끊이지 않았다.

또다시 손님이 들기에 잠시 밖에서 가게를 살펴보기로 했다. 서점에 급하게 들어서느라 얼핏 보고 지나쳤던 가판대가 눈에 띈다. 창 앞에 바짝 붙여 세운 가판대 2개, 그리고 평대 1개가 있었는데, 거기에 놓인 잡지만 해도 100종 이상은 돼 보였다. 잡지 문외한인 나에게는 그야말로 신세계였다. 요가 전문 잡지, 꽃꽂이 및 화단에 대한 잡지, 도예 잡지 등이 눈에 띄었다. 유리창에는 '잡지 과월호는 50~70% 할인해서 판매합니다'라고 쓰인 현수막이 크게 붙어 있었다. 서점 한편에는 《내셔널 지오그래픽》이 내 허리께까지 쌓여 있었다. 책장은 알 수 없는 책으로 가득했다. 각종 엠블럼을 모아놓은 책, 타이포그래피나 인포그래피에 대한 책이라든가, 호텔의 인테리어를 모아놓은 책 등등. 그나마 알 법한 책은 인테리어 잡지 《Apartamento》정도였고,《Design Hotels》나 전 세계의 바, 레스토랑 등 외식 공간을 주로 모아놓은 《Lets Go Out Again》같은 여행책이 흥미로웠다. 볼륨이 크고 사진의 퀄리티가 좋아서 소장용으로 적합해 보였다.

한참을 둘러보고 온 내게 그가 말했다.

"간판도 옛날식이라 좀 이상해 보이죠? 고급 매장에 가면 먼지 하나 없고 깨끗하잖아요. 그런 것이 저한테는 좀 부담스럽더라고요. 털털하게 있는 것이 좋죠. 이렇게 책들로 공간을 막아놓은 이유도 손님이 오면 책을 마음껏 보게 하기 위해서예요. 부담 갖지 않게요."

동굴처럼 쌓아놓은 책에 대한 의문이 그제야 풀린다.

"서점을 오래 운영하려면 시대의 흐름을 잘 읽는 것도 중요해요. 3년 전에는 타투 관련 책이 안 나갔는데, 지금은 없어서 못 팔거든요. 트렌드를 읽고, 변화를 예측하고, 받아들이는 게 중요합니다."

서점들이 사라지는 지금과 같은 상황에서 그는 서점 주인들의 능동적인 자세를 여러 차례 강조했다. 도태되지 않기 위해 시대의 변화를 수용하고 현실을 타개하기 위한 노력은 필수라는 것이다.

"이 서점은 내가 안 해도 우리 아들이 맡을 테니 절대 안 없어질 거예요. 없어지면 우리 하나로 끝이 아니라 여러 사람한테 필요한 무언가가 없어지는 거잖아요."

사람에게 필요한 서점이 되는 것, 그것이 이 서점의 존재 이유이자 오랫동안 사랑받는 비결이었다.

매거진랜드
주소   서울시 마포구 잔다리로6길 17
연락처   02-3142-6460
운영시간 월~토 12:00~18:00 (일요일 휴무)
홈페이지 http://eyebook.co.kr

취향의 책방 .. 한 분야에 특화된 전문 서점 및 도서관

매거진랜드
이규택 대표가
추천하는 책

《Type. a Visual History of Typefaces & Graphic Styles, 1901–1938》/ Purvis, Alston W/Taschen

폰트의 역사와 그 개요에 대한 책이다. 폰트의 100년도 넘는 역사를 다루었는데, 이것은 단순한 책이 아니라 사료라고 본다. 이런 책은 적극적으로 추천해준다. 특히나 실제 자료들을 모아서 만들었기 때문에 더욱 가치가 있다. 지금으로부터 100년 후, 아니 1000년 후에 봐도 되는 책이다. 서체는 변하는 게 아니지 않나. 값어치를 따질 수 없는 책이다.

《Fifty Years of Illustration》/ Zeegan, Lawrence(EDT)/Laurence King

일러스트의 역사를 다룬 책이다. 일러스트 50년의 자취에 대해 상세하게 이야기하는 의미 있는 책이어서 추천하고 싶다.

추리소설에 파묻히고 싶을 때,
추리문학관

바람이 거세게 몰아치는 날이었다. 막 언덕에 들어선 참인
지 버스가 급격하게 뒤로 기울기 시작했다. 버스가 느려진 것은
쉴 새 없이 몰아치는 해풍 때문인 것 같기도 했다. 달맞이 언덕
꼭대기에 있다는 추리문학관에 가는 길이었다. 빼곡히 들어선
빌라와 주택들 사이로 푸른 바다가 나타났다 사라지기를 반
복했다. 추리문학관은 해운대 바다가 한눈에 내려다보이는 곳
에 있었다.

파이프를 문 남자의 실루엣과 '추리문학관'이라고 새겨진
작은 간판이 이곳의 유일한 표식이었다. 간판이 없었더라면 그

냥 지나칠 법한 평범한 잿빛 빌딩이다. 그럼에도 셜록 홈스의 팬이라면 이 간판을 보는 순간 도서관에 무작정 들어가고 싶은 충동이 일지도 모른다.

아서 코넌 도일, 에드거 앨런 포, 찰스 디킨스…. 문학관 내부로 이어지는 복도는 유명 추리문학 작가의 사진으로 장식되어 있었다. 가장 끝에는 검은 정장을 단정하게 차려입은 백발 여인의 흑백사진과 함께 '애거사 크리스티, 범죄의 여왕'이라는 글자가 큼지막하게 적혀 있다. 예술가들이 작품에 혼을 불어 넣고 나면 어느 정도 비슷한 삶을 살아가게 되는 것 같다. 추리소설계의 대모, 애거사 크리스티 역시 그녀의 작품만큼이나 파란만장한 삶을 산 것으로 알려져 있다. '크리스티의 실종 사건'으로 알려진 일화는 유명하다. 1926년 12월 어느 날 저녁, 드라이브를 나간 크리스티가 실종된다. 버크셔의 뉴랜드 길 한쪽에서 그녀의 자동차와 소지품이 발견되고, 세상은 발칵 뒤집혔다. 〈뉴욕타임스〉는 그녀의 실종을 대서특필했고, 무려 1,000명의 경찰과 1만 5,000명의 지원자들이 그녀를 수색했지만 찾지 못했다. 열흘 정도 지난 후, 그녀는 한 호텔에서 지극히 정상적인 모습으로 발견된다. 당시 어머니의 사망과 남편의 외도에 따른 충격으로 기억상실증에 걸렸기 때문이라고 발표됐

지만, 여러 가설이 난무했다. 인기 추리 작가가 되기 위해서라거나, 남편이 죄책감을 느끼게 하기 위해서라는 등 갖가지 소문이 떠돌았다. 하지만 생전에 그녀는 이 사건에 대해 침묵을 지켰고, 그 이유는 아직도 미스터리로 남아 있다.

전시관 끝은 문학관 안으로 이어졌다. 실내의 대부분은 나무와 벽돌로 장식되어 있었는데, 불이 막 타오르는 벽난로가 있는 게 아닐까 싶을 정도로 포근하고 안락했다. 벽을 빙 둘러

장식하고 있는 벽돌 서가에는 책이 빼곡하게 꽂혀 있고, 세트로 맞춘 듯한 갈색 테이블과 의자는 적당한 곳에 놓여 있었다. 요즘의 세련된 카페 분위기는 아니지만 의자에 종일 앉아 책을 읽기에는 적합한 공간이다. 한적한 실내에는 중년 남성 한 명이 구석 테이블에 앉아 턱을 괸 채 책을 읽고 있었다. 서가에는 셜록 홈스, 애거사 크리스티 추리소설 전집을 비롯해 국내 추리소설, SF소설이 차례로 진열되어 있었다. 대부분의 추리문학 작품은 구비해놓고 있는 듯했다. 입구 맞은편 카운터에서 간단한 차를 주문할 수도 있었다. 카운터 앞에는《여명의 눈동자》《최후의 증인》등 한국 추리문학의 대가, 김성종의 책들이 비치되어 있었다.

추리문학관은 김성종 작가가 사재를 들여 지은 우리나라 최초의 사설 전문도서관이다. 20여 년 전, 그는 프랑스 몽마르트르와 견주어도 뒤지지 않을 이 달맞이 언덕에 매료돼 추리문학관을 열었다. 무엇보다 우리나라에서 불모지인 추리문학계에 도움이 되었으면 하는 마음이 컸다. 개인의 의지가 아니었다면 우리나라에 추리문학 전문 도서관을 세운다는 것은 불가능했을 것이다. 유럽이나 미국의 경우 추리문학의 위상과 그것에 대한 애정이 상당해서, 추리문학을 주요 콘셉트로 내세우는 서점도 눈에 띄게 많은 편이다. 희귀 추리소설이 가득해 추리문학 마니아들의 사랑을 독차지하고 있는 뉴욕의 '미스터리어스 북숍Mysterious Bookshop'이나 영국 최대 추리소설 전문 서점 '머더원Murder One' 같은 곳이 대표적이다.

막 2층으로 올라서던 참이었다. 위를 올려다보니 나선 모양의 계단이 끝없이 뻗어 있었다. 문학관의 다섯 개 층 가운데 3층까지만 일반인들에게 개방되어 있다고 한다. 계단의 모양을 따라 머릿속이 빙글빙글 돌았다. 이대로 올라가다 보면 추리소설의 한 장면이 그대로 재현되지 않을까. 생각이 채 끝나기도 전에 유리벽으로 된 작은 방이 눈앞에 나타났다. 헌팅캡과 파이프, 셜록 홈스 모형이 놓인 테이블이 있고, 사방으로 추리소설이 산더미처럼 쌓여 있었다. 전시관 같기도 하고, 추리소설 마니아의 서재처럼 보이기도 했다. 소설 속 셜록 홈스의 방을 고스란히 재연해놓은 영국의 '셜록 홈스 박물관'이 저절로 연상되는 곳이다. 어떤 소설이 있는지, 파이프의 모양은 어떤 것인지 홈스의 흔적을 한참 동안 관찰하고 나서야 자리를 뜰 수 있었다.

　2층 서가는 군더더기 없는 공간이었다. 1층보다 창이 커서 빛이 잘 들었고, 추리문학가들의 흑백사진이 여기저기 전시되어 있어 고풍스러움이 느껴졌다. 이곳은 주로 전시를 하거나 세미나가 열리는 공간이었는데, 홀 중앙에선 〈헤르만 헤세 문학관 방문기〉라는 제목의 전시가 열리고 있었다. 추리문학관에서는 희망자를 모집해 1년에 한 번 해외에 있는 문학관이나 도서관을 방문하는 프로젝트를 진행한다. 최근 헤르만 헤세가 살았던 독일, 스위스 등지를 다녀온 모양이었다. 특히 독일 칼프의 사진이 인상적이었다. 《수레바퀴 아래서》의 무대가 된 니콜라우스 다리, 헤르만 헤세의 생가와 박물관, 그의 동상 등이 마을 곳곳에 있어서 마을 전체가 헤르만 헤세의 인생을 담은 문학관처럼 여겨진다. 오스트리아 잘츠부르크 역시 모차르트의 모든 것이 있는 도시가 아니던가. 어떤 위대한 인물이나 문학을 기리고 알리는 방법 중 가장 자연스럽고 유연한 방식일 것이다.

뭐니 뭐니 해도 추리문학관의 명당은 3층이었다. 한쪽 벽면이 통유리로 되어 있고, 그 너머로 푸르디푸른 바다가 차 있었다. 하늘과 바다의 경계가 모호해 하늘까지 물이 차오른 수족관처럼 보이기도 했다. 김성종 작가의 《달맞이 언덕의 안개》에는 '죄와 벌'이라는 카페가 범죄 사건의 주요 무대로 등장한다. 소설 속 그곳은 짙은 안개가 항상 서리는 곳이었고, 안개가 낄 때면 어김없이 사건이 일어난다. 실제로 한여름이면 이 달맞이 언덕 위에 짙은 안개가 수시로 들이닥친다고 했다. 지금은 빌라와 주택가가 밀집해 있지만 10년 전만 해도 이곳엔 아무것도 없었다. 작가는 "그 기세가 대단해 백만 대군이 무섭게 쳐들어오는 것과 같다"고 말한다. 내가 간 날은 너무나 맑고 화창해, 안개 낀 언덕의 모습이 상상이 가지 않았다.

다시 1층으로 내려왔을 때, 아까 그 중년 남성이 같은 자리에서 같은 자세로 책을 읽고 있었다. 시간이 멈춰 있는 것 같았다. 온 사람도 나간 사람도 없었다. 23년 전, 처음 문을 열었을 때만 해도 문학관의 모든 층이 사람들로 북적였다고 한다. 그러나 그런 관심도 잠깐이었다. 특이한 이 도서관을 탐방하기 위해 외지인들이 끊임없이 드나들고는 있지만, 정기적으로 오는 몇몇 단골손님을 제외하면 방문자는 점점 줄고 있다.

문학관 바로 옆에는 작은 서점이 있었다. 얼마 전 소설 속 '죄와 벌'과 같은 이름의 헌책방을 낸 것이다. 영국의 헤이온와 이 마을처럼 책마을 언덕이 되길 꿈꾸며 시작한 추리문학관이다. 이 달맞이 언덕이 헌책방, 갤러리, 고서 전문점으로 가득한 문학의 언덕이 되기를 꿈꾸는 것은 한 사람만의 바람은 아닐 테다. 어느 무더운 여름날 바다색과 비슷한 푸른빛 안개가 서리는 언덕길을 오르며 책을 찾아 헤맬 수 있는 서점 거리는 얼마나 낭만적일까.

추리문학관

주소　　해운대구 달맞이길117번나길 111
연락처　051-743-0480
운영시간　09:00~19:00 (2, 3층은 18:00까지)
홈페이지　http://www.007spyhouse.com

취향의 책방 .. 한 분야에 특화된 전문 서점 및 도서관

추리문학관 추천도서

[] 《점과 선》/마쓰모토 세이초/모비딕

일본에 추리작가가 약 2,000명 정도
인데, 마쓰모토 세이초는 추리작가
중에서도 가장 존경받으며 국민 작가
로 불리는 사람이다. 이 책은 마쓰모
토 세이초의 첫 장편소설로, 부정부
패 사건으로 이름이 거론되던 중앙관
청의 사야마 겐이치와 요정 종업원 오
토키가 동반 자살을 하는 사건으로
시작된다. 긴박감 있는 전개는 물론,
사회구조의 모순과 개인의 비극을 현
실적으로 묘사해 재미와 사회성을 함
께 지닌 소설로 평가받고 있다.

[] 《자칼의 날》/프레드릭 포사이드/동
서문화사

프랑스 대통령 샤를 드골의 암살을
노리는 전문 살인청부업자 자칼과 그
를 쫓는 형사의 이야기를 긴박감 있
게 다룬 추리소설이다. 영화로 만들
어질 만큼 유명한 작품인데, 사건의
치밀한 구성이라든가 상황 묘사가 잘
돼 있다.

[] 《바늘구멍》/켄 폴릿/예하

2차 대전을 배경으로 일급 군사기밀
을 놓고 펼치는 독일 스파이와 영국
의 대결이 흥미로운 소설이다. 켄 폴
릿의 대표작인데, 이 작품으로 미국
추리작가협회 작품상과 에드거상을
수상하기도 했다. 이 작품 역시 영화
화될 만큼 스토리가 흥미진진하고,
상황이 치밀하게 짜여 있다.

충무로 사진 전문 서점,
포토박스

비가 쏟아질 듯하면서도 오지 않는 날이 며칠 동안 이어졌다. 무더운 여름이었다. 기상청에서는 매일같이 비가 올 것이라고 예보했지만, 비는 한 방울도 떨어지지 않았다. 습한 기운이 서린 거리에서 나는 충무로에 있다는 서점 포토박스를 찾아가고 있었다.

사진 서적을 취급하는 서점은 많지만 만약 어떤 특정한 장소에 있어야 한다면 그곳은 역시 충무로일 것이다. 영화의 발상지, 인쇄 출판의 중심지로 불리는 충무로는 우리나라 근대 문화 역사가 녹아 있는 곳이다. 디지털 매체가 발달하지 않았던 시절, 사진인들이 이곳에 몰렸다. 번쩍이는 카메라가 진열된 상점들이 줄 이어 있고, 거대한 필름 카메라를 어깨에 메고 현상소를 드나들던 사람들이 있었다. 지금 충무로는 새로운 세상에 밀려 그 색을 잃어가고 있다. 몇십 년 된 사진 전문 서점이 사라지지 않고 그 자리에 있다는 것은 반가운 일이다.

땀을 연신 닦아내며 서점 문을 열고 들어섰을 때, 서점 대표 김주혁 씨는 책장 앞에 서 있었다. 그는 차를 내온다며 서점 뒤편으로 사라졌고, 그동안 서가를 가볍게 훑어보았다. 서점 내부는 무척 깔끔하게 정돈돼 있었는데, 15평 남짓 되어 보이는 공간에 고동색 책장이 벽을 둘러싸고 있었고, 그 안에 책들이 빽빽이 꽂혀 있었다. 사진 관련 서적은 볼륨이 크고 판형이 자유롭기에 책들은 들쭉날쭉 삐져나와 있었다. 지저분하다기보다는 하나의 모던한 장식 같다고 생각했다. 서점의 분위기가 차분해 보인 것은 바닥 때문이 아니었을까도 싶다. 바닥은 흑색과 상아색이 교차하는 무늬로 돼 있었다. 그 모양이 고동색의 책장, 흑색 톤의 사진집들과 잘 어울렸다. 한쪽에는 표지가 보이도록 전시해둔 사진집들이 있었다. 그중 영국 밴드 롤링스톤스의 사진이 가장 먼저 눈에 들어왔다.

서점 한가운데 있는 나무 탁자에 김주혁 씨와 마주 앉았다. 그는 자신을 '책 딜러'라고 소개했다. 책을 찾는 사람에게 적절한 책을 공급하는 역할을 하고 있기 때문이다. 딜러라는 표현이 고상한 책방 주인의 느낌보다는 다소 상업적인 어감으로 느껴졌지만, 주도적으로 책을 발굴하고 판매하겠다는 철학을 엿볼 수 있었다. 33년간 그는 서점을 이런 방식으로 운영해 왔다. 뉴욕에 가서 직접 책을 구해오는 것이 하나의 예다. 보통 외국 서적을 다루는 서점의 경우 책 카탈로그만 보고 주문하는 곳이 많다.

"세계적으로 유명한 메이저 출판사나 '스트랜드 북스토

어Strand Bookstore' 같은 서점에 가면 새로운 정보와 다양한 책을 접할 수 있어요. 의외로 현장에서, 생각지 못한 좋은 책을 구입할 수도 있다는 거죠. 일주일을 잡고 가면, 밥 먹고 출판사와 서점 다니는 게 일이에요. 서점에 앉아서 보고 싶은 책들을 다 펼쳐보는 거예요. 메트로폴리탄 뮤지엄, 모마MoMA(뉴욕 현대미술관), 구겐하임 미술관, 아이시피ICP(International Center of Photo, 뉴욕 국제 사진센터) 등을 주로 다녀요."

서점이 잘됐던 2002년까지는 1년에 두 번씩 책 탐방을 다녀오곤 했다. 한 번에 1억 원어치의 책을 구입한 적도 있었다. 며칠 후 김주혁 씨는 오랜만에 뉴욕에 간다고 했다. 2년 만이었다.

아무리 특화된 서점이라도 불황을 피해갈 수는 없었다. 사진을 취미로 삼는 사람들은 늘고 있지만, 책으로 사진을 접하는 사람은 사라지고 있다. 지구 반대편 유명 작가의 사진을 인터넷으로 쉽게 볼 수 있고, 아마존에서 외국 서적을 자유롭게 구입할 수 있는 시대다.

이 서점이 생긴 1975년, 당시만 해도 외국 서적의 수입이 자유롭지 않았다. 게다가 사진책은 검열까지 심해 유독 공급이 어려웠다. 알고 지내던 사진학과 교수가 김주혁 씨에게 사진 전문 서점을 열어보라고 권했다. 수요자가 한정되어 있으니 비즈니스로 썩 좋은 사업은 아니었을 것이다. 그럼에도 책이 유일한 정보 매체였던 시절, 사진을 찍는 사람에게 이곳은 오아시스나 다름없는 곳이었다. 이 서점을 드나들던 사진학과 학생들이 교수가 되고, 다시 학생들을 데리고 이곳을 찾는다. 세대를 거쳐 같은 공간과 지식을 공유할 수 있는 것, 오래된 서점의 가장 근사한 존재 이유가 아닐까. 그가 우리나라 사진가들에게 조금은 공헌했다는 자부심을 가질 만도 하다.

"요즘은 책을 어디서 구입해 보는 걸까요."

서점을 드나드는 학생이 예전보다 현저히 줄어든 것을 보며 그런 생각이 들곤 한다고 그는 말했다. 물론 아마존, 이베이에서 살 수도 있지만, 희귀한 책이나 마음에 들어오는 책은 직접 봐야 구할 수 있다. 서점이 필요 없는 환경이 되어가는 것은 어쩔 수 없겠지만, 충실하게 서가를 구성하는 서점 주인들에게는 힘 빠지는 일이 아닐 수 없다. 서점의 수익도 직접적인 판매보다는 대학 도서관에 사진, 디자인 관련 서적을 납품하는 것으로 충당하고 있다고 하니, 씁쓸한 현실이다.

서가를 뱅뱅 돌다가 사진집을 두어 권 펼쳐보고 다시 제자리에 넣어뒀다. 400여 명의 사진작가와 작품집이 알파벳순으로 나열된 《Photographers A-Z》, 잉그리드 버그먼의 생애를 사진으로 엮은 《Ingrid Bergman: A Life in Pictures》를 보고 있자니 얼마 전 책에서 얼핏 본 내용이 떠올랐다. "사진과 책 중 어떤 것이 역사적인 기록으로서 더 가치가 있을 것인가"에 대해 논쟁하는 내용이었다. 사진은 한 장면을 있는 그대로 보여주기 때문에 정확한 사실을 유추할 수 있지만, 장면의 일부만을 볼 수 있는 것이 오히려 혼란을 줄 수도 있다. 책의 경우 상세한 서술로 역사를 이해하는 데 도움이 될 수 있으나, 저자의 주관 때문에 정확한 사실관계를 파악하기 어렵다. 전달하는 방식은 다르지만 어떤 것이 더 가치가 있을지는 개인의 판단에 따라 달라질 것이라는 애매한 결론을 내릴 수밖에 없었다.

그 외에도 미국 여성의 주체 회복에 대한 메시지를 주로 표현한다는 신디 셔먼의 작품집 여러 권이 눈에 띄었다. 이 서점은 사진 외에도 디자인과 미술 관련 책을 포함해 2,000권 정도의 책을 보유하고 있다.

사진 분야만을 전문으로 다루는 오래된 서점이기에 물어보고 싶은 것이 있었다. 점점 늘어나는 편집서점에 대한 생각이 어떨지 궁금했다.

"앞으로는 분야를 아주 단조롭게 하면서도 전문화하는 곳이 늘어날 거라고 봐요. 애니메이션 책만 취급하는 곳이라든가, 건축 관련 책이나 미술책만 전문으로 파는 곳이라든가. 백화점식 장사는 자본을 엄청나게 들이붓지 않는 이상 이제 안 될 거예요. 반스앤드노블이 망할 거라는 이야기가 있고, 보더스 서점이 망했으니까요. 미국도 마찬가지거든요. 점점 세분화되고 있고, 우리도 그렇게 될 겁니다."

또 하나의 트렌드라면, 서점도 융·복합의 형태로 간다는 것이다. 벨기에 브뤼셀에 있는 '쿡 앤드 북Cook & Book'이라는 서점은 레스토랑을 운영하며 책을 함께 팔고 있다. 조금 더 나아가 일본의 '빌리지 뱅가드Village Vanguard' 같은 형태를 들 수도 있다. 생활용품을 파는 대형 백화점이지만 주요 상품이 서적이다. 캐릭터 상품이나 생활 잡화 사이에 책을 배치한다. 개인적으로 서점은 책만 파는 곳이었으면 좋겠지만 책을 팔기 위해 노력하고 있는 그들을 탓할 수만은 없는 일이다.

서점을 나오자 더위는 여전했지만 불쾌지수는 내려가 있었다. 손에는 김주혁 씨가 적어준 예술 관련 서적을 다루는 추

천 서점 목록이 들려 있었다. 도로 건너편으로 포토박스가 보였고, 그 양쪽으로 액자 전문점과 갤러리 카페의 낡은 간판이 있었다. 모든 것이 변했지만 그곳만 세월이 비켜간 것처럼 느껴졌다. 서점에 자주 들르는 사람이 있냐고 물었을 때 그는 이렇게 대답했다.

"파인아트의 대가인 황규태 작가가 자주 오세요. 연세가 70대 후반이신데, 유일하게 그 나이에 책을 계속 보러 오시는 분이세요."

세월이 변하고 환경이 달라져 서점의 형태가 바뀌어도, 그 자리에 그대로 존재하는 서점이 좋다. 모든 것이 바뀌어도 변

하지 않는 것을 꼽으라면 그것이 서점이었으면 한다. 그래야만
세상의 균형이 잡힐 것 같다.

포토박스
주소 서울시 중구 퇴계로 163
연락처 02-2277-5971
운영시간 09:30~18:30
홈페이지 http://blog.naver.com/p-box

취향의 책방 .. 한 분야에 특화된 전문 서점 및 도서관

포토박스
김주혁 대표가
추천하는 책

🔲 《Genesis》/Sebastiao Salgado/Taschen
유명한 타셴 출판사에서 발간한 세
바스치앙 사우가두 사진집이다. 세바
스치앙 사우가두는 현존하는 포토
그래퍼 중 최고의 스타다. 작품 가격
이 제일 비싸다. 이 사진집 같은 경우
는 8만 원 정도지만, 사진 한 장을 크
게 출력한 작품 같은 경우 1000만 원
가까이에 팔린다. 사진집 자체의 퀄
리티가 굉장히 좋다.

🔲 《Edward Burtynsky: Oil》/Edward
Burtynsky/Steidl Publishing
에드워드 버틴스키는 세바스치앙 사
우가두만큼 유명한 작가다. 캐나다
출신 사진작가로, 오일이나 물, 광산
등 다양한 소재를 사진에 담는다. 이
책에서는 우리 사회에서 쓰이는 오일
의 흐름(송유관, 엔진 등)을 보여주고
있다.

🔲 《Subway》/Bruce Davidson/Innovative
Logistics Llc
사진집의 테마가 특이하다. 미국의

모든 지하철과 지하철역의 정경을 촬
영해 모았다. 이 사진들을 위해 흑인
들과 몇 개월 동안 함께 산 것으로 알
고 있다. 이 작가의 사진집 중 1950년
대의 미국 모습을 모아놓은 것도 있
는데, 그 책 또한 굉장히 흥미롭다.

사진, 디자인 서적을
다루는 가볼 만한 서점

김주혁 대표가 추천한 서점

🔲 10 Corso Como(텐꼬르소꼬모)
세계의 다양한 디자이너 제품을 판
매하는 편집숍. 밀라노에 본사를 두
고 있는 이 숍은 전 세계에서 두 번째
로 청담에 지점을 냈다. 1층에 있는 디
자인북 숍에서 책을 볼 수 있다. 전 세
계의 디자인, 아트, 패션 등 국내에서
구하기 힘든 책들을 만나볼 수 있다.
주소 서울시 강남구 압구정로 416
연락처 02-3018-1010
운영시간 11:00~20:00
홈페이지 http://www.10corsocomo.
com

⊞ 타셴책방

미술 전문 독일 출판사 타셴의 책들을 직수입해 판매하는 서점이다. 사진, 건축, 미술 등의 책들을 주로 판매한다. 출판사 마로니에북스에서 운영하고 1층에는 북카페가 있다.

주소 서울시 종로구 대학로 12길 38 정보빌딩 3층
연락처 02-762-1522
운영시간 13:00~20:00
홈페이지 http://blog.naver.com/taschenbook

⊞ 얄라북스

스튜디오 얄라에서 운영하는 사진 전문 서점으로 사진, 회화, 건축 등 예술 분야의 서적 및 독립출판 서적을 판매하며 사진 전시회도 수시로 연다.

주소 서울시 종로구 성균관로3길 11 지하1층
연락처 02-745-3330
운영시간 11:00~19:00 (토 12:00부터, 일 휴무)
홈페이지 http://www.studioyalla.com

사진 전문 서점

⊞ 스토리지북앤필름

다양한 사진 책이 있는 서점. 독립출판물 및 사진 서적, 서점에서 자체적으로 발행하는 사진 잡지 《워크진》도 볼 수 있다. 사진집 만들기, 독립출판 강좌 등 여러 프로그램을 운영하는데, 알찬 강좌를 하는 것으로 유명하다.

주소 서울시 용산구 신흥로 115-1
연락처 070-5103-9975
운영시간 13:00~19:00
홈페이지 http://www.storage-bookandfilm.com

7

집 앞 도서관으로 가자

진화하는 도서관

남산도서관
느티나무 도서관
삼청공원 숲속도서관
청운문학도서관
동대문구정보화도서관
세종도서관
가람도서관

100년 역사를 가진 도서관의 힘,
남산도서관

　서울역에서 골목 어귀 몇 곳을 지나쳐 소월로에 들어서자 언덕 너머로 서울타워가 보였다. 남산도서관에 가는 길이었는데, 평소 남산에 갈 때와는 미묘하게 다른 길을 걷는 것 같다. 한참 동안 언덕을 오르니 푸른 숲에 둘러싸여 있는 도서관을 발견할 수 있었다. 도서관 앞에는 다산 정약용 선생과 퇴계 이황 선생의 동상이 있었다. 남산은 유독 동상이 많은 곳으로, 안중근 의사상이나 김유신 장군상 등 열 개 정도가 인근에 있다. 일본이 식민 지배의 상징으로 세운 조선신궁과 이토 히로부미를 추모하는 박문사가 남산에 있었기 때문에 상쇄의 의미로 항일 인물의 동상을 많이 세웠다고 한다. 우리 민족의 정신이

집약된 중심에 바로 이 남산도서관이 있다. 도서관 입구에는 개관 80주년을 기념해 세운 기념석이 있었다. 남산도서관은 개관 100주년을 앞두고 있다. 전국 최초의 도서관으로는 부산시민도서관이 있지만, 서울의 공립도서관 중 가장 먼저 세워진 도서관은 남산도서관이다.

국가의 힘이 강할 때는 도서관이 번성하고, 약해지면 도서관도 쇠퇴한다는 것은 오랜 역사를 통해 증명되었다. 침략자들이 도시를 점령한 후 반드시 없애는 곳도 도서관이었다. 하이델베르크의 궁정도서관 소장 도서 8,000여 권은 종교전쟁 당시 도시를 정복한 가톨릭 침략자들에게 약탈됐고, 삼국사기의 김부식이 극찬했던 고려 시대 왕궁도서관 보문관은 고려가 쇠락하자 존재가 미약해지면서 사라지고 말았다. 나치는 12년간 무려 1억여 권의 도서관 책들을 태워 없앤 것으로 유명하다. 침략과 전쟁의 역사가 끊이지 않았던 우리나라에서 100년 전통을 가진 도서관의 존재는 기적처럼 여겨질 정도다.

남산도서관은 경성부립도서관이라는 이름으로 1922년 명동에서 처음 문을 열었다. 40여 년 동안 그 자리를 지켰지만, 점점 늘어나는 책과 노후한 건물로 붕괴의 위험에 이르자 지금의 자리인 남산으로 이전한다. 지금은 우리나라를 대표하는 도서관 중 한 곳이지만, 역사가 역사이니만큼 어려움도 여러 차례 겪었다. 개관한 지 3년도 채 되지 않았을 무렵, 자금 부족 등 운영난으로 폐관 위기에 몰리게 된다. 당시 도서관을 살리자는 호소문이 여럿 발표되었는데, 책과 도서관의 필요성에 대한 절실함이 엿보인다.

"오늘날 조선은 문화시설의 으뜸이라 할 만한 도서관이 과연 몇 개나 되는가. 경성은 수도요, 30만 시민을 품은 대도시인데 우리 시민은 몇 개의 도서관을 가졌는가."

"지식의 보고를 살리자-우리 조선의 현상은 어떠한가. 최근에 이르러 독서열이 높아감은 반갑다 하려니와 읽으려 하나 읽을 책이 없고 보려 하나 볼 수 있는 기관이 없다."

도서관을 이전한 직후에도 문제는 있었다. 장서가 턱없이 부족했던 것인데, 7만여 권의 장서가 있었으나 대부분이 일서였고 국내서는 2만 권 정도였다. 1980년대에 들어서 보유한 장서는 18만여 권에 달했으나, 오래된 책들이 많아 파손될 위험이 높았고, 상당수는 열람을 하기 어려울 정도였다. 위험은 더 있었다. 책의 천적인 좀, 쥐, 개미 등이 도서관에 번식하기 시작한 것이다. 약품 청소를 하고, 쥐덫을 설치하고, 책에 바람을 쏘이는 폭서曝書를 정기적으로 하기 시작했다. 파손된 책은 직접 수리하거나 다시 제본해 복원시켰다.

지금의 남산도서관은 48만여 권의 장서를 소장하고 있으며, 하루에 3,800명 정도가 방문하는, 시민들의 삶과 추억이 서린 명소로 자리 잡았다.

도서관 안은 세월이 차곡차곡 쌓인 듯한 묵직함이 어려 있었다. 고동색 나무 창틀은 낯설었고, 낡은 책장은 오랜 세월 사람들의 손길을 거친 탓에 자연스러운 광이 났다. 전체적으로 무게감은 있지만 공간이 널찍해서 도서관 특유의 답답함은 느껴지지 않는다.

무엇보다 이 도서관을 쾌적하게 만드는 것은 창밖으로 한 눈에 들어오는 남산 풍경이다. 바로 눈앞에 산이 있는 것처럼 푸른 숲의 모습이 생생하게 비쳤다. 다소 옛날식처럼 느껴졌던 초록색 시트가 붙은 책상도 여기서만큼은 자연스럽다. 남산도서관을 자주 드나드는 사람은 이곳에서 사계절을 체감한다. 계절이 바뀌면 읽고 싶은 책도 달라질 것이다. 이를테면 태양이 이글거리고 산록이 짙은 여름에는 태양이 뜨겁다는 이유로 예

기치 않은 살인을 저지른 《이방인》을 읽고, 붉게 타오르는 단풍이 수를 놓을 무렵에는 김훈 작가의 《자전거 여행》을 읽으며 눈앞에 펼쳐진 풍경에 감탄하게 될지도 모르겠다. 매일같이 언덕을 힘겹게 올라 이 도서관을 찾는 사람들이 있는 것은, 책과 숲이 얽힌 이 청정 지역에서 치열한 도심의 광기를 잠재울 수 있는 무언가를 발견하기 때문은 아닐까.

많은 서적이 있는 대형 도서관이니만큼 자연과학실, 인문사회과학실, 문학실, 연속간행물실 등으로 자료실은 세분화되어 있었다. 특히 최근에 만든 한국문학자료관에는 소설과 시,

수필 등 한국문학과 관련된 자료 3만 권이 있다고 한다. 앞으로 "어떤 한국문학 자료라도 남산도서관에 오면 찾을 수 있도록 한다"고 하니, 기대해볼 만하다.

복도에는 광복 70주년을 기념해 조선사 등의 고서나 국내외 옛 교과서를 모아놓은 전시장이 있었다. 성자영 사서는 전시관에 대해 이렇게 덧붙였다.

"역사가 오래된 곳이다 보니 1800년대 도서부터 시작해 옛 자료들이 많아요. 고문헌, 일서 등이 7만여 점 정도 있는데, 일제강점기의 사회상을 알기에 좋은 당시의 재무제표라든지 귀한 사료가 많다는 것이 장점이죠."

이처럼 우리의 역사 기록을 보존할 수 있다는 것도 오래된 도서관이 귀한 이유 중 하나다. 고서를 비롯한 많은 장서와 오랜 기간 도서관을 운영해온 노하우는 여러모로 긍정적인 결과를 이끌어 냈다. 전국상호대차서비스(도서관에 원하는 자료가 없을 경우 다른 도서관에 신청해 소장 자료를 이용할 수 있게 해주는 도서관 자료 공동 활용 서비스)에서 신청 서적이 제일 많은 곳이 이 남산도서관인 것이 그렇고, 도서관 자체적으로 '독서치료 프로그램'이라는 독특한 프로그램을 개발한 것도 그렇다.

"사서들이 개발한 프로그램인데, 내용이 좋아 전국적으로 보급하고 있어요. 예를 들어 자녀와 문제가 있는 부모님이 있다면 자녀와의 관계 회복을 위한 책을 권유하는 거죠."

가족 관계에 문제가 있을 법한 청소년에게는 가족 간의 문제를 다룬《그 여름 트라이앵글》, 어머니와의 관계를 다룬《빵덕》이라는 책을 추천한다. 이를 위해 3층에는 '치료약'에 속하는 책 5,000여 권이 마련되어 있다.

1층에 있는 남산갤러리에서 전시를 한번 둘러보고 밖으로 나오니, '다람쥐문고'가 눈에 띄었다. 굳이 도서관에 들어가지 않고도 가볍게 책을 읽을 수 있는 장소다. 기증 자료나 폐기할 책 중 읽을 만한 책을 주로 비치해놓았다고 한다. 벤치나 책장을 만드는 데 쓰인 나무는 태풍으로 쓰러진 것을 재활용했다. 그 위에 사람들이 삼삼오오 앉아 책을 읽고 있었다. 바로 떠나기가 아쉬워 벤치에 앉았다. "그럼요, 이보세요, 얘는 어렸을 적부터 이야기를 정말 좋아했어요"라는 폰비진의 희극 문구로 시작하는 알렉산드르 푸슈킨의 《벨킨 이야기》를 읽기 시작했다.

남산도서관

주소　서울시 용산구 소월로 109
연락처　02-754-7338
운영시간　월~일 09:00부터(각 열람실별 마감 시간 다름. 매월 첫째, 셋째 주 월요일 휴무)
홈페이지　http://nslib.sen.go.kr

남산도서관
추천도서

《농담》/밀란 쿤데라/민음사

1940년대 사회주의 체제의 시대상을 잘 나타내준 고전이다. 한때 진지했던 일들이 지나고 보면 아무것도 아닌 게 되듯이 역사는 이성적이지 않고 농담처럼 장난을 치기도 한다. 작가는 주인공들의 섬세한 심리묘사를 통해 우리로 하여금 외면하고 싶었던 진실에 다가가게 만든다.

《왜 나는 너를 사랑하는가》/알랭 드 보통/청미래

비행기 안에서 옆자리에 앉으며 운명적으로 만난 두 남녀가 이별하기까지의, 연애에 들어선 남녀 관계의 심리상태를 철학적으로 잘 묘사하고 있다. 이 책은 단순히 '남녀 관계'에 대한 연애소설이 아니라 사람과 사람의 관계에 대한 이야기로 여행을 떠날 때 읽으면 더욱 매력적인 소설이다.

《아내를 모자로 착각한 남자》/올리버 색스/알마

뇌의 시각에 관여하는 부분에 문제가 생겨 시각 인식불능에 빠진 음악교사 P는 학생들의 얼굴을 알아보지 못하기 시작하고, 병세가 악화되자 아내를 모자로 착각한 듯 아내의 머리를 자기 머리에 쓰려고까지 한다. 그 외에도 24편의 기이한 환자들의 이야기가 쓰여 있는 이 책은 세계적 뇌신경학자인 올리버 색스의 대표작이다. 그는 간단하고 피상적인 문구로 기록되는 병력을 벗어나, 환자 개인에게 초점을 맞추어 병뿐만 아니라 그들의 주체성에 대하여 연구하고 기록했다. 이 책에서는 뇌에 이상이 생긴 환자들의 고통, 좌절, 고뇌, 극복의 의지 등 다양한 모습을 저자의 인간에 대한 무한한 신뢰를 바탕으로 이야기하고 있다.

남산도서관 근처
작은 서점

🔲 고요서사

문학 중심 서점. 편집자 출신의 책방
주인이 선정한 문학책 및 인문 분야
책들을 주로 판매한다. 큰 창문 앞,
햇살을 받으며 책을 읽을 수 있는 공
간이 인상적이다.

주소 서울시 용산구 신흥로15길 18-4
102호

운영시간 14:00~21:00 (화요일 휴무)

홈페이지 http://blog.naver.com/
goyo_bookshop

🔲 별책부록

별이 그려진 간판 외에 별다른 것이
보이지 않는 곳이지만, 서점에 들어
선 순간 아날로그 세계의 매력에 빠
져들게 된다. 독립서적과 중고 음반,
다양한 소품들을 판매한다. 일러스
트, 제본 워크숍 등 여러 프로그램도
운영하고 있다.

주소 서울시 용산구 신흥로22가길 8

운영시간 14:00~19:00 (월, 화 휴무)

홈페이지 http://www.byeolcheck.kr

15

누구나 쉬어 갈 수 있는 살아 있는 마을 도서관,
느티나무 도서관

도서관에 들어섰을 때 따뜻한 온기가 몸을 감쌌다. 단순히 온도차 때문은 아니었다. 무언가로부터 보호받는 듯한 느낌이 들었다. 밝은 갈색의 나무를 이어 붙인 바닥과 벽, 넓은 창으로 가득 쏟아지는 햇빛, 벽을 타고 올라가듯 진열된 책들 때문이었는지도 모른다. 안락함과 안도감을 느끼며 도서관을 둘러봤다.

책을 들고 부지런히 걸음을 옮기던 한 사서가 나와 눈이 마주치자 미소를 띠며 가볍게 고개를 숙였다. 짧은 순간이었지만, "당신이 어떻게 이곳을 찾았는지 모르겠지만 잘 오셨어요"라는 환영의 의미가 담겨 있음을 느꼈다. 입구 천장에는 나무

그네가 매달려 있었다. 그 모습이 마치 나무 기둥에 걸려 있는 듯해서, 느티나무 도서관의 상징처럼 느껴졌다.

　서가는 사람들로 북적였다. 생기 가득한 이 혼잡함은 공간의 밀도 때문이라기보다는 사람들의 태도 때문인 듯했는데, 정숙하고 정형화된 다른 도서관에 비해 자유분방함이 있었다. 문학 서가 옆 테이블에서 대여섯 명의 사람들이 머리를 맞댄

채 이야기를 나누고 있었고, 안경을 쓴 여자는 끊임없이 그 말을 받아 적고 있었다. 외국 문학 책장은 누군가의 전용 서재였다. 한 남자가 마음에 드는 책이 있는지 서가의 책을 샅샅이 살피고 있었다. 창가 쪽 나무 벤치에 등을 기대고 엄마와 아이가 함께 책을 보는 모습이 평화롭기 그지없었다. 1층 구석에 있는 '골방' 앞에는 신발이 어지럽게 흩어져 있었는데, 안을 슬쩍 들어와보니 몇 명의 아이들이 누워서 혹은 엎드려서 책을 읽고 있었다.

사립도서관이기에 가능한 풍경일 것이다. 이곳은 박영숙 관장이 사재를 털어 연 도서관이다. 15년 전, 용인의 한 지하상가를 빌려 3,000권의 책을 구비해놓은 것이 느티나무 도서관의 시작이었다. 당시 재개발로 인해 삭막해져가는 마을을 보며 그녀는 누구나 와서 책을 읽고 소통할 수 있는 공간이 필요하다고 생각했고, 달라질 마을 풍경을 꿈꾸며 이 도서관을 세웠다. 현재 5만여 권의 장서를 보유한 이 도서관에는 하루 평균 200명이 방문하고 있다. 마을 사람은 물론 소문을 듣고 온 외지 사람이나 종종 견학을 오는 도서관 관계자도 있다. 도서관 주변은 아파트 단지 뿐이라 삭막한 풍경이었지만, 안은 따스했고 사람들은 이곳이 마을의 안식처라도 되는 양 책과 함께 편안하게 몸을 뉘고 있었다.

2층에 올라가다 보면 또다른 비밀 공간이 나온다. 계단 아래 있는 '다락방'이나 문학 시리즈만을 모아놓은 '계단참'은 단독 공간을 원하는 사람들이 모이는 특별한 곳이다. 도서관 건물을 지을 때 박 관장은 "이용자들을 위한 공간을 만들기 위해" 공들였다고 한다. 서가의 배치는 물론 창문 크기, 계단 높이, 심지어 계단 손잡이의 둘레까지도 신경 써서 설계했다. 도서관에서 느껴지는 자연스러운 안락함은 이런 배려에서 오는 것인지도 모르겠다.

2층은 인문, 사회, 과학 등 비문학 책이 대부분이었다. 여행책을 모아둔 '여행자의 길'이라는 서가가 독특했고, '이달의 아티스트' 코너에서는 사진작가 스티브 맥커리의 책을 소개하고 있었다. 서가를 둘러보다 원하는 책이 없으면 카운터에 있는 노트에 메모해두면 된다. 인터넷으로 '희망도서'를 신청할 수도 있지만 이런 아날로그적인 방식은 디지털이 할 수 없는 일을 해내기도 한다. 이영방 운영지원팀장이 얼마 전 있었던 일화를 들려주었다.

　"어떤 분이 책을 찾고 있었는데, 문제는 그 책에 대해 아는 정보가 전혀 없다는 거였어요. '어제 그 책을 그냥 지나쳤는데, 갑자기 떠올라서 꼭 읽고 싶다'는 거였죠. 표지에 여자 일러스트가 있다는 것, 삽화가 많다는 것. 이게 우리가 아는 전부였어요. 결국 추리를 해가며 그 책을 찾아야 했고, 그분과 문자로 이 책이 맞는지 아닌지를 계속 주고받았죠. 나중에 그 책이 타샤 튜더의 《타샤의 정원》이라는 것을 알아냈어요. 굉장히 기뻐하시더라고요."

　《타샤의 정원》이 어떤 책인지 문득 궁금해져 서가를 뒤적거리다 책 사이에 끼워져 있는 대출이력표를 발견했다. 다시 보니 대출이력표 형식을 적용한 독서 기록 용지다. 책에 낙서하는 것도 방지하고, 책에 대한 생각을 다른 사람과 공유할 수도 있을 것이다. 소소하지만 의미 있는 아이디어다. 도서관은 이같은 작고 큰 실험을 수시로 시도하고 있다.

"이용자들과 함께 사회 이슈에 대해 토론하는 '마을포럼'이라는 프로그램을 운영하고 있어요. 특이한 점은 토론할 때 도서관 내에 방송을 한다는 거예요. 물론 사전에 양해는 구하고요. 도서관에 있는 모든 사람이 실시간으로 토론 내용을 들을 수 있는 거죠."

이 팀장은 도서관 운영비는 대부분 후원금으로 마련하고 있다고 했다. 넉넉지 않은 운영비에 어려움이 있기는 하지만, 그 대신 자율성이 보장된다. 자율성은 이 도서관의 가장 큰 힘이기도 하다. 인도의 위대한 도서관학자 시야리 랑가나단은 "도서관은 성장하는 유기체"라고 했는데, 이 도서관은 자유로움을 기반으로 도서관의 틀을 깰 만한 기발한 아이디어를 차곡차곡 실행하며 성장하고 있다. 재미있는 시도는 이런 것들이다. 문학은 장르와 관계없이 작가순으로 배열한다. 한 작가의 작품이 마음에 들면, 그 작가의 다른 작품을 읽고 싶어 하는 경향을 반영해서다. 책을 반납할 때는 주변의 다른 책을 다시 한 번 살펴보자는 취지로 스스로 꽂게 한다. 대출 카운터의 높이는 채 1미터가 안 돼서 아이들도 편하게 사서와 이야기를 나눌 수 있다. 음식물 반입 금지나 정숙 같은 규제가 없어, 사람들은 차를 마시며 책을 보고 토론한다. 소외층을 위한 배려도 빼놓지 않았다. 외국 도서만을 비치한 자료실이 있는가 하면, 그림책에 점자를 붙여 시각 장애를 가진 부모와 아이가 함께 책을 읽을 수 있게끔 했다. 작은 도서관에는 흔치 않은 휠체어용 엘리베이터도 있다.

2층에서 내려다본 도서관 풍경은 기하학적 도형처럼 보이기도 했고, 거대한 나무 안에 옹기종기 사람들이 모여 있는 것처럼 보이기도 했다. 나오는 길에 '시민컬렉션'이라는 공간에 들렀다. 포럼 주제를 건의하는 패널에는 청년수당, 자유학기제를 적은 메모가 듬성듬성 붙어 있었고, 그 옆에는 낭독회 전용 책이 서가를 채우고 있었다. 《21세기 자본》을 1년 만에 읽은 낭독회 멤버들은 책 읽기를 끝마치고는 책거리까지 했다고 한다. 무려 800페이지나 되는 두꺼운 책이다. 개인이 아끼는 도서관은 많지만 '누구나 좋아하는 모두의 도서관'이 되기란 쉽지 않다.

느티나무 도서관에서는 가능할지도 모르겠다는 생각을 하며,
도서관을 나섰다.

느티나무 도서관

주소   경기도 용인시 수지구 수풍로 116번길 22
연락처   031-262-3494
운영시간 화, 수, 금, 토 10:00~22:00 (일 13:00~18:00, 월: 집중업무로 도서관
            서비스 없음, 목: 정기휴관일)
홈페이지 http://www.neutinamu.org

집 앞 도서관으로 가자 .. 진화하는 도서관

느티나무 도서관의 '참고 서비스'

느티나무 도서관 카운터에서는 책을 찾는 이들과 이를 도와주려는 사서의 대화가 수없이 오간다. 책을 찾는 이들의 고민은 이런 것들이다.

"책을 안 읽는 대학생이 볼 만한 기초철학책을 찾는데요, 추천 좀 해주세요."

"1인 가구에 대해 다룬 책은 없을까요?"

"일본에 요리 연수를 갈 예정인데 정보를 찾기가 막막하네요. 숙박부터 생활 전반에 대해 알려줄 책이 필요해요."

여기서는 한 권의 책을 추천하는 것이 아닌, 총괄적인 정보를 제공한다. 이를테면 일본 요리 연수를 고민하는 사람에게는 일본 문화, 생활, 음식에 대한 단행본부터 시작해, 영상 및 영화, 유학이나 여행 관련 웹사이트 정보까지 필요한 모든 형태의 정보를 정리해 제공한다. 그리고 그 정보는 SNS 등에 게시해 필요한 많은 사람들과 공유하여 확산시키고 있다.

느티나무 도서관
추천도서

📖 《꿈꿀 권리》/박영숙/알마

느티나무 도서관의 15년 이야기를 담
은 책이다. 박영숙 관장이 도서관 문
을 연 순간부터 도서관을 찾은 사람
들의 따뜻한 이야기를 생생하게 담
았다. 저자는 학력, 나이, 직업, 국적
불문하고 누구나 예외 없이 마음껏
꿈꿀 수 있는 권리를 누리는 곳이 바
로 도서관이라고 이야기한다. 그리
고 그런 이상적인 도서관을 만들기
위해 어떤 노력을 해왔는지 이 책을
통해 이야기하고 있다.

📖 《야쿠바와 사자》/티에리 드되/길벗
어린이

매주 직원들이 책을 읽고 이용자에
게 추천을 하고 있는데, 그중 한 권이
다. 프랑스 작가의 그림책으로, 아프
리카에서 살아가는 소년 '야쿠바'와
사자의 이야기를 통해 용기에 대해
이야기하고 있다. 살다 보면 위기의
순간이 꼭 한 번은 오게 마련이다. 모
면하고 싶은 그 순간을 똑바로 마주
하고 차분하게 받아들일 용기, 주변
의 비난에도 나 자신에게 솔직해질

용기가 있는지를 생각하게 한다.

느티나무 도서관 컬렉션
_차별과 낯섦을 넘어

느티나무 도서관에서는 수시로 사회
이슈나 현상 등 주제 하나를 선정해
그와 관련한 책들을 전시하고 있다.
그중 2015년 미국의 동성 결혼 합법
화 후 다른 누군가의 삶을 이해하자
는 취지로 마련한 〈차별과 낯섦을 넘
어〉 컬렉션 책을 소개한다.

《구별짓기》/피에르 부르디외/새물결
《우리 본성의 선한 천사》/스티븐 핑커/
사이언스북스
《주디스 버틀러의 철학과 우울》/사라
살리/앨피
《공감하는 능력》/로먼 크르즈나릭/더
퀘스트
《파란색은 따뜻하다》/쥘리 마로/미메
시스
《두 엄마》/무리엘 비야누에바 페라르나
우/낭기열라
《엄청나게 시끄러운 폴레케 이야기 1, 2》
/휘스 카위어/비룡소

동네 작은 도서관,
삼청공원 숲속도서관 그리고 청운문학도서관

지금 내 책상 위에는 서점 및 도서관의 역사와 탐방을 다룬 책 대여섯 권이 쌓여 있다. 자료 조사를 위해 구립도서관에 들러 빌려온 책이다. 반납일은 얼마 남지 않았고, 못 본 책이 반이라 마음이 불안했다. 이렇게 될 것을 알면서도 도서관을 갈 때면 대출 한도를 꽉 채워서 빌려오곤 한다. "읽고 싶은 책은 꼭 읽어야 직성이 풀린다. 책에 욕심이 많아서…" 같은 우아한 이유라면 좋으련만, 천성인 게으름이 문제였다. 도서관에 가려면 버스를 두 번 갈아타고 한참 동안 걸어야 했다. 그래서 도서관에 가려면 제대로 마음먹고 집을 나서야 한다. 결국 채 읽지 못한 책들을 반납하고, 다시 빌리는 어리석은 행동을 반복한다. 또다시 무거운 가방을 낑낑대며 어깨에 메고 생각했다. 집 앞에 도서관이 생긴다면 얼마나 좋을까.

그런데 얼마 전 집 근처에 제법 번듯한 작은 도서관이 생겼다. 기쁜 마음으로 대출증을 만들고, 새 책으로 빛나는 서가를 둘러봤다. 문제는 서가의 구성이 터무니없이 빈약하다는 것이었다. 유행하는 책이나 분야별 구색은 갖춰놓았지만, 원하는 책은 열 권 중 한 권이 될까 말까 했다. 물론 작은 도서관의 예산이나 규모를 생각할 때 큰 도서관처럼 알찬 서가를 기대하기란 어렵다. 그렇다면 작은 도서관이 위치하는 곳은 어느 지점일지가 궁금해졌다. 사례를 찾아보니, 서가를 어느 정도 갖추고 나면 지역 특색을 반영하거나, 또는 특정 분야를 전문화하는 것이 요즘의 추세임을 알 수 있었다. 그중 비교적 활발하게 운영되는 종로구의 작은 도서관 두 곳을 탐방하기로 했다.

삼청공원 숲속도서관

숲속도서관을 찾아가는 데는 시간이 꽤 걸렸다. 고즈넉한 북촌한옥마을을 둘러보고, 삼청동 카페 거리에서 개성 있는 숍들을 들락날락하다 보니 몇 시간이 훌쩍 지나간 것이다. 카페 거리의 끝에 다다를 즈음 상점의 수는 점점 줄어들고, 시끌

벅적한 소리도 잦아든다. '이쯤해서 돌아가볼까'하고 생각할
만한 시점에 삼청공원이 나타난다. 숲속도서관은 이 공원 어딘
가에 있다고 했다.

　　멋모르고 공원에 흘러든 듯한 소수의 사람만이 호기심 어
린 눈으로 공원 이곳저곳을 훑고 다녔다. 그 외에도 익숙한 듯
산책길을 바삐 지나가는 편한 차림의 사람도 있었는데, 내 눈
에는 오히려 그들이 외지인처럼 보였다. 입구에서 10분 정도 걸
어 들어가자 산뜻한 외형을 지닌 도서관이 눈에 들어온다. 원
래는 공원 매점이 있던 자리지만, '생활 속 도서관'을 만들자는

구의 정책으로 도서관을 짓게 됐다고 한다.

도서관에서 가장 마음에 드는 것은 창이었다. 벽 전체가 창이어서 도서관과 공원의 경계를 모호하게 만들고 있었다. 덕분에 실내에서도 숲에서 책을 읽는 듯한 기분이 들었다. 높은 천장 덕에 공간은 훨씬 더 넓어 보였고, 지붕부터 바닥까지 모두 나무로 마감돼 있어 전나무향이 은은하게 퍼지는 것 같았다. 공간은 세세하게 쪼개 용도에 따라 스타일을 달리하고 있었다. 입구에는 카페처럼 차를 마시며 책을 볼 수 있도록 작은 테이블 여러 개를 두었고, 중앙에는 서가로 둘러싸인 긴 테이

블을 배치했다. 가장 마음에 드는 곳은 가장자리에 있는 2인용 마루였는데, 벽면이 완전히 통유리로 되어 있는 데다 다른 공간과 완벽하게 분리돼 있어 책 읽기에 가장 이상적인 공간으로 보였다. 물론 매일 만석일 만큼 인기 있는 자리다.

　카운터에는 차를 주문받거나 책을 대출해주는 직원이 있었다. 다른 직원은 테이블 사이를 분주하게 오가며 자리를 정돈했다. 도서관의 직원은 모두 중년 여성으로, 종로구 주민들로 구성된 '북촌인심협동조합' 회원들이다. 전문성이 필요한 사서 업무를 제외하고는 전반적인 도서관 운영을 그들이 맡아 하고 있다. 동네 발전에 관심 있는 사람들이 모였으니 주민들의 요구에 적극적으로 응대하여 이용자들의 만족도도 그만큼 높다.

7,000권 정도의 책이 이곳에 있다고 했다. 신간이나 베스트셀러가 대부분이고, 어린이책과 실용서의 비율도 상당하다. 동네 특성상 유동인구가 많은 곳이라 사람들이 수시로 들락거렸고, 차를 마시며 이야기를 나누는 사람들도 많았다. 여기서 책에 온전히 집중하기란 어려워 보인다. 북촌인심협동조합 정정아 이사장은 "이곳은 책만 읽는 곳이라기보다 주민 커뮤니티 공간으로서의 역할에 더 집중한다"며, 그것이 지역 주민에게도 좋은 영향을 준다고 했다.

"처음 오픈했을 때 연세가 지긋한 여자분이 오신 적이 있어요. 어떻게 매점이 이렇게 바뀌었느냐고 놀라워하더니 곧 본인 사정을 털어놓더라고요. 아픈 남편을 간호하느라 일주일에 한두 번 자리를 비울 수 있는데, 그 시간에 삼청공원을 오신다고요. 남편과 데이트를 했던 곳이 이 공원이었다고. 그 후 도서관에 주기적으로 와서 차를 마시고 책을 보며 한참 동안 계시곤 했죠. 유일한 위로이자 휴식의 시간인 것 같았어요. 그런데 언젠가부터 나오시질 않아요. 가끔 생각이 나죠. 무슨 일이 있으신 건 아닌지….”

작은 도서관은 단지 책만으로 끝나는 공간이 아니었다. 어떤 이의 추억을 불러일으키기도 하고, 쉼터가 되기도 한다. 도서관이면 그래도 '책'이 먼저여야 하지 않겠느냐는 반박도 있겠지만, 반대로 동네 커뮤니티 공간이 거미줄처럼 촘촘하게 생겼을 때 그것이 도서관이라면 그 또한 반길 만하다.

입구 반대쪽에 테라스가 있었다. 나무 데크 위에 테이블 몇 개를 배치한 공간이었다. 주변은 나무와 수풀로 가득하다. 도서관을 나설 때 그녀가 한마디 덧붙였다.

“가을이 되면 낙엽이 물들어서, 테라스에 앉아 있으면 마치 가을 한복판에 와 있는 것 같아요. 차 한잔하면서 책 읽기에 딱 좋은 장소예요. 그때쯤 꼭 한번 들르세요.”

삼청공원 숲속도서관

주소　　　서울시 종로구 북촌로 134-3 (삼청공원 내)
연락처　　02-734-3900
운영시간　10:00~18:00 (월요일 휴무)
홈페이지　http://www.lib.jongno.go.kr

삼청공원 숲속도서관
추천도서

📖 《이기적 본능》/오바라 요시아키/휘닉스드림

동물행동학의 관점에서 바라본 인간의 가족 성립, 가족과 성에 대한 사회문제를 다룬 책이다. 아동 학대 등 비정상적인 가족 문제가 빈번히 발생하는 이 시점에서 이 책을 보며 가족의 본질에 대해 다시 한 번 생각할 수 있기를 바란다.

📖 《새로운 빈곤》/지그문트 바우만/천지인

오늘날 지구촌은 극심한 부의 양극화에 빠져 있다. 거기에 속해 있지 않다고 생각하는 누군가도 결국 빈부격차라는 문제에서 자유로울 수 없다. 이 책은 새로운 빈곤층의 실상과 사회문제에 관해 살펴보는 책이다. 전문 지식을 가진 능력 있는 젊은이들이 배제되는 현대사회에서 우리가 무엇을 할 수 있을지 생각하게 한다.

📖 《토끼들의 섬》/글 요르크 슈타이너, 그림 요르크 뮐러/비룡소

그림책이지만, 어른과 어린이 할 것 없이 모두에게 감동을 주는 책이다. 배경은 토끼 공장이다. 비정상적인 먹을거리와 탐욕스러운 물질주의 현장을 보며 절제와 배려, 더불어 살아가야 하는 인간의 삶을 다시 한 번 생각하게 한다. 주인공으로 등장하는 '큰 회색 토끼와 작은 갈색 토끼'의 모험과 용기가 읽는 이에게 희망을 준다. 섬세한 그림의 아름다운 책이면서도 가볍지만은 않다.

종로의 가볼 만한
서점, 도서관

📖 더 북 소사이어티

출판사 미디어버스가 운영하는 서점으로 예술, 디자인책, 독립출판물을 다룬다. 예술을 기반으로 하는 만큼 관련 행사들도 주목할 만하다. 아티스트의 작품을 전시하거나, 수시로 공연을 연다. 아티스트 토크, 워크숍 등 다양한 프로그램에도 참여할 수 있다.

주소 서울시 종로구 자하문로 10길 22 2층
연락처 070-8621-5676
운영시간 월~금 13:00~20:00 (토, 일 19:00까지)

홈페이지 http://www.thebooksociety.org

🗐 길담서원

인문학에 대해 토론하고 공유할 수 있는 복합문화공간이다. 한때 폐업 직전까지 갔으나 길담서원을 사랑하는 이들의 도움으로 다시 일어섰다. 사람들이 자발적으로 모여 프로그램을 만드는 것이 특징. 경제, 프랑스어, 드로잉 교실 등 공부 모임을 비롯해 서당식 책 읽기, 책여세 같은 독서 모임도 운영한다.

주소 서울시 종로구 자하문로17길 12-9
연락처 02-730-9949
운영시간 12:00~21:00 (일요일 휴무)
홈페이지 http://cafe.naver.com/gildam

🗐 정독도서관

북촌에 자리 잡은 이곳은 도서관으로는 드물게 관광 명소로도 유명하다. 옛 경기고등학교 건물을 도서관으로 재정비했다. 정원으로 꾸민 운동장이 아름답다. 그래서인지 〈품행제로〉 등의 영화에서 배경으로 등장했다. 50만 권이 넘는 장서를 보유하고 있다.

주소 서울시 종로구 북촌로5길 48
연락처 02-2011-5799
홈페이지 http://jdlib.sen.go.kr

🗐 고양이 책방 슈뢰딩거

고양이를 사랑하는 주인이 그 마음을 듬뿍 담아 서점을 차렸다. 애묘인들의 사랑을 받고 있는 서점으로 에세이, 사진, 소품 등 고양이와 관련된 것들만 판매한다.

주소 서울시 종로구 숭인동길 68
운영시간 15:00~21:00 (일, 월 휴무)
페이스북 facebook.com/catbookstore

🗐 베란다북스

예술가 부부가 운영하는 그림책 전문 서점. 작가출판물, 아트북, 그림책, 그래픽노블 등 시각예술 서적을 주로 판매한다. 책방 주인이 남다른 안목으로 소개하는 멋진 책들을 만나볼 수 있다.

주소 서울시 종로구 계동길 120
연락처 02-747-3742
운영시간 12:00~18:00 (일, 월 휴무)
홈페이지 http://verandabooks.co.kr

청운문학도서관

북악산의 웅장한 산세가 한눈에 들어왔다. 도서관에 가기 전 청운공원에 잠깐 들른 참이었다. 공원에는 '윤동주문학관'과 '윤동주 시인의 언덕'이 있었다. 대학 시절, 윤동주 시인은 종로 누상동에 있는 소설가 김송의 집에서 4개월간 하숙을 했다고 한다. 그 무렵 그는 인왕산을 즐겨 찾았다. 〈서시〉나 〈별 헤는 밤〉 같은 작품도 이 시기에 탄생했다. 언덕 위에는 〈서시〉가 새겨진 시비가 있었다. 윤동주, 이상, 정철 등 문학인이 유독 많이 탄생한 이곳에 문학 도서관이 생긴 것은 너무도 당연한 일처럼 느껴졌다.

청운문학도서관으로 가는 길은 여러 갈래다. 청운공원에서 윤동주 시인의 언덕까지 오른 후, 다시 계단을 따라 내려오면 도서관이 나온다. 인왕산로를 지나 조용한 주택가의 여러 갈래 골목을 따라 들어가도 된다. 어느 쪽으로 가느냐에 따라 다른 모습의 도서관을 맞닥뜨릴 수 있다. 위에서 봤을 때는 산자락에 납작 엎드려 있는 운치 있는 한옥이고, 아래에서 올려다보면 세련된 복합 건축물의 모양새다. 아래층은 일반 벽돌로 올린 현대식 건물이고, 위는 한옥으로 되어 있는 독특한 구조

때문이다. 층수 구분이 의미 없는 것 같기도 했다. 골목길을 정처 없이 걷다 보면 둘 중 어느 입구를 만나게 될지 모르기 때문이다.

지하 1층은 여느 도서관과 크게 다르지 않았다. 말끔하다 못해 차갑게 느껴지는 회색 바닥과 여유 있게 자리한 서가는 말끔했다. 2014년에 생긴 이 도서관은 원래 공원관리사무소로 사용하던 낡은 양옥집이었다. 종로구에서는 문학가들이 많이 탄생한 곳임을 고려해 '문학'이라는 테마로 도서관을 설립하기로 한다. 장서의 80퍼센트를 문학작품으로 채우고, 시 창작 교실이나 문학 기획전 같은 문학을 중심으로 한 프로그램들도 운

영한다.

특히 이곳에는 시집이 많았다. 1,800여 권의 시집을 소장하고 있다고 하니, 작은 도서관치고 특정 분야 도서가 꽤 많이 비치된 편이다. 한쪽에는 종로에서 활동한 작가들의 책만을 모아놓은 서가나, 종로 문화재, 역사 전문 도서 코너도 마련되어 있다.

문득 이곳을 찾는 사람들은 어떤 사람들일지가 궁금해졌다. 사서에게 물으니 동네 주민들이 대부분이고 간혹 인왕산을 찾는 등산객이 들르기도 하는데, 도서관을 보기 위해 일부러 찾는 관광객도 있다고 한다.

안경을 쓴 중년 여성이 프랑스 문학 코너에 꽤 오랜 시간 서 있는 게 보였다. 책을 꺼냈다 꽂았다 하기를 반복하며, 가끔 작은 수첩에 메모를 하기도 한다. 글을 쓰는 사람일 거라고 속으로 단정 지었다. 군데군데 빈 책장이 신경 쓰였지만, 2만 권의 책을 차차 들여놓을 계획이라고 한다.

서가에서 책을 조금 더 둘러보다가 한옥 열람실이 있다는 위층으로 올라갔다. 한옥 본채에는 '창작실'과 '세미나실'이라고 쓰인 명패가 붙어 있었다. 열린 틈으로 방을 들여다보니, 좌식 테이블과 빈 의자가 보였는데, 열댓 명 정도 앉을 수 있는 아늑한 공간이다. 열람실에서 책을 골라 이곳에서 읽는 것도 이 도서관을 제대로 활용하는 방법일 것이다. 세 개의 크고 작은 방을 둘러보다가 밖으로 나와 한옥의 모습을 다시 올려다보았다. 지붕에 올라가 있는 기와는 전통 수제 기와라고 했다. 그 이야기를 듣고 보니 어쩐지 더 단단해 보이고, 문양도 아름다워

보인다. 특히 담장의 기와는 돈의문 뉴타운 개발 지역 철거 한옥에서 수거한 3,000장의 기와를 재활용한 것이라고 한다. 한옥이라 관리하기 번거로울 법도 하지만, 그럼에도 동네 색과 맞아떨어지는 이런 특색 있는 도서관이 있는 것도 나쁘지 않다. 본채 건너편에 있는 작은 별채인 '누정'에는 시 낭송 감상실이 있다. 이곳에서 전도연, 김미숙 등 유명 배우들의 시 낭송을 들을 수 있다.

도서관에서 나오는 길에 윤동주문학관에 다시 들렀다. 입구에 〈새로운 길〉이라는 시가 적혀 있었다. 도서관에서 윤동주 시집을 뒤적거렸을 때 봤던 시였다. 그는 연희전문학교에 입학하고 나서 이 시를 썼다고 했다. 앞날에 대한 그의 희망과 기대가 묻어 있는 듯하다. 이곳에서 그의 흔적을 발견하고 나니, 다시 도서관으로 가 윤동주 시집을 펼쳐들고 싶은 충동이 들었다.

청운문학도서관

주소   서울시 종로구 자하문로36길 40
연락처   070-4680-4032~3
운영시간   10:00~19:00 (월요일 휴무)
홈페이지   http://lib.jongno.go.kr

청운문학도서관
추천도서

📖 《윤동주 자필 시고전집(사진판)》/
민음사

윤동주 시인의 시와 산문을 자필 원
고 사진과 함께 담은 책이다. 작품 내
용뿐 아니라 창작 중의 단상과 퇴고
과정, 그리고 작가의 사소한 낙서까
지 찾아볼 수 있는 자필 원고 사진을
통해 작품 한 편을 완성시키기 위한
작가의 고뇌를 느낄 수 있다.
한 예로 윤동주 시인의 대표적인 작
품인 〈별 헤는 밤〉의 원고를 보면
1941년 11월 5일에 썼다고 기록되어
있는데, 추후 "그러나 겨울이 지나고
나의 별에도 봄이 오면 / 무덤우에
파란 잔디가 피여나듯이 내일홈자
묻힌 언덕우에도 / 자랑처럼 풀이 무
성할 게외다" 4행을 덧붙인 것을 확
인할 수 있다. 도서관에 소장 중인 윤
동주 시인의 다른 작품집과 비교하
며 읽어도 재밌을 것이다.

📖 《이상 전집1(시, 오감도)》/권영민 편
집/태학사

수학·정신분석학·과학·철학·회화
등 다방면에 걸쳐 뻗은 이상의 하이

퍼텍스트성은 문학과 접목되어 오늘
날에도 그 현대성을 인정받고 있다.
이 책은 이상의 시를 국문 시와 일본
어 시로 구분하여 각 작품의 발표 연
대에 따라 순서대로 수록하고 있다.
2부의 일본어 시는 원문과 번역문을
함께 수록해 상세한 주석을 붙였고,
그간 등한시되었던 이상의 일본어 시
를 현대적으로 번역하는 데 힘을 기
울였다. 기존의 오류를 바로잡아 복
원한 원전과 상세한 주석을 통해, 해
독 불능의 구문, 아라비아 숫자와 기
하학 기호, 건축과 의학 용어, 퇴폐적
소재의 차용과 띄어쓰기를 무시한 이
상의 시 세계를 보다 깊이 이해할 수
있는 기회가 될 것이다.

📖 《다시, 서울을 걷다》/권기봉/알마

《서울을 거닐며 사라져가는 역사를
만나다》에서 서울을 거닐며 숨겨져 있
는, 또는 잊지 말아야 할 서울의 역사
적 의미와 장소, 문화, 일상의 이야기
를 담았던 작가가 다시 한 번 서울 산
책에 나섰다. 저자는 '서울지하철'을
시작으로 '성수대교'와 '세종로', '강남
고속버스터미널'을 찾아 일상 속에 녹
아 있는 서울의 과거와 오늘 그리고 미
래를 고민하고, '피마길'과 '마장동' 어

린이대공원' '장충체육관' 그리고 '대학로' 등 얼핏 익숙한 듯하나 곰곰이 들여다보면 낯설기만 한 장소를 걸으며 우리가 서울이라는 공간과 역사에 얼마나 무심한지 살펴보기도 한다.

문학인들의 흔적을 엿볼 수 있는 종로구 문학둘레길

도서관에 온 김에 종로구의 문학 관련 명소들을 둘러볼 수 있는 문학둘레길을 추천한다. 도서관과 윤동주 문학관, 윤동주 시인의 언덕을 둘러본 후, 송강 정철 집터를 지나 옥인길에 있는 윤동주 시인의 하숙집터와 이상 시인의 집터에 들어선 제비다방까지 보면서 잠시 쉬어 가는 것도 좋다. 시인 서정주가 머물며 소설가 김동리 등과 함께 문학동인지 《시인부락》을 만든 곳인 보안여관이 이 근처에 있기도 하다. 경복궁을 지나 창덕궁 쪽으로 가면, 한용운의 생가인 만해당이 있다.

🗐 **문학둘레길 코스**
윤동주 시인의 언덕 → 송강 정철 집터 및 시비 → 세종대왕 생가터, 윤동주 하숙집터, 이상집터 → 보안여관 → 만해당 → 인사동길
※종로구에서 해설사의 설명을 들으며 코스를 돌아볼 수 있는 서비스도 제공한다. 약 3~4시간 소요.

책과 디지털이 공존하는 실용적인 도서관,
동대문구정보화도서관

  햇빛이 들어오는 통유리 앞에 앉은 사람들 뒷모습이 왠지
모르게 나른해 보였다. 책을 펼쳐놓고 노트북으로 타이핑하는
사람, 턱을 괴고 창밖을 멍하니 보다가 다시 책으로 고개를 숙
이는 사람…. "도서관 열람실에서 잠을 자다 두 개의 꿈 사이
에서 몸을 이리 뒤척이고 저리 뒤척이듯 쪽과 쪽 사이에서 몸
을 뒤척인다. 책 읽는 사람들 속에 있는 게 너무도 좋다"라는
릴케의 말이 연상되는 풍경이다. 현실과 꿈의 경계에 있는 듯한
몽환적인 공간. 동대문구정보화도서관의 첫인상이었다.

  내가 간 곳은 인문 및 전문서적이 주로 배치된 2층 서가였

다. 1층 어린이 도서관을 제외하고 책은 두 개의 자료실에 집중되어 있었다. 철학부터 심리학, 경제, 종교 등 인문 서가를 지나 계단을 오르니 문학, 역사, 예술 분야 등의 서적이 비치된 3층에 다다랐다. 깔끔하고 세련된 구조를 갖춘 것 외에 특별한 건 없어 보이지만, 그래도 달라 보였던 이유는 따로 있었다. 독서실 형태로 개방되는 '일반 열람실'이 존재하지 않기 때문이었다.

도서관이 '공부하는 장소'라는 인식이 강한 곳은 우리나라와 일본 정도일 것이다. 애초에 도서관은 '책을 보존하는 곳'으로 시작했다. 세계 최초의 도서관 '알렉산드리아 도서관'은 40만 권의 장서를 보유한 거대한 책 보관소였다. 희귀한 서적을 보기 위해 수많은 학자와 예술가가 이곳에 모였다. 당대 최다 장서 덕분인지 무려 7세기 동안 학문과 문학의 세계적인 중심지로 통했다. 지금 우리나라는 책 보관보다 독서실로서의 공간에 비중을 둔 도서관이 많다고 한다. 책을 둘 공간이 부족해 오래된 책을 계속해서 폐기해야 하고, 사서들은 책을 선정하고 안내하는 본연의 임무에 집중할 수 없게 됐다. 비생산적인 '도서관의 독서실화'는 어떻게든 변화가 필요해 보인다.

이 도서관이 공부하는 열람실을 따로 두지 않은 이유는

"도서관이란 애초에 책을 보러오는 곳"이라는 도서관 본래의
기능을 강조하기 위해서다. 거기에 덧붙이면 '정보화'라는 도
서관의 정체성에 집중하기 위해서가 아닐까 싶다. 열람실의 구
조 역시 그에 따랐다. 예컨대 2층 자료실은 세 개 구역으로 나
뉘는데, 한쪽에는 가장 큰 비중을 차지하는 서가가 있다. 가운
데는 디지털 자료를 이용할 수 있도록 컴퓨터가 비치된 좌석을
한 줄로 배치했다. 창가에는 책을 읽거나 노트북을 하는 등 이
용자들이 자유롭게 이용할 수 있는 좌석이 마련되어 있다.

  권기성 사서는 이런 구조를 "하이브리드 형태의 자료실"이
라고 설명했다.

"보통은 디지털 자료실과 책 공간이 분리된 경우가 많아요. 점점 매체의 구분이 모호해지는 상황인데, 온오프라인 지식을 동시에 한 공간에서 습득할 수 있게 자료실을 구성한 것이 특징이에요."

정보화 시대에 이 도서관이 택한 것은 경쟁 매체인 디지털과 책의 공생이었다. 잡지 코너에 비치된 사보에는 '도서관 경쟁의 시대'라는 제목이 크게 적혀 있었다. 도서관은 과연 무엇과 경쟁해야 하는가. 인터넷, 전자책 같은 디지털 정보 매체, 다른 도서관과의 경쟁(심지어 '구글 도서관' 같은 사이버 도서관까지 등장했다)등 세월이 흐를수록 그 수는 늘어날 것이다. 한편으로 도서관 본연의 기능에 충실할 수만 있다면 애초에 경쟁이라는 말이 필요 없을지도 모른다.

'인문고전 강연' 프로그램도 이 도서관에서 눈여겨볼 만하다. 인문학 열풍이 불면서 흔한 주제가 됐지만, 여기서는 사서들이 돌아가면서 강연을 하고 있다는 점이 독특하다. 얼마 전 《오디세이아》에 대한 강연을 마쳤고, 돌아오는 주에는 《고도를 기다리며》를 다룰 예정이라고 한다. 인문 고전 책들은 모든 도서관에 필수로 비치해두지만 이용률은 가장 떨어진다고 한다. 이 프로그램의 가장 큰 성과는 먼지 속에 파묻힌 그 책들이 다시 읽히고 있다는 것일 테다. 강연 시작 후 고전 작품 대출이 2배로 늘었다.

700페이지에 달하는 《서양미술사》란 책이 목록에 있기에 "한 명이 이 책을 짧은 시간에 독파하고 분석하기에는 버겁지 않겠느냐"고 묻자 "결국은 본인이 좋아하는 책을 선택해서 준비하는 것이라 부담은 없다"라는 권 사서의 답변이 돌아왔다. 사서들은 준비에 상당히 공을 들였다. 두세 달 동안 해당 작품을 탐독하고, 작품을 언급한 저널, 에세이, 논문까지 모두 조사한다.

"버거운 부분이 없지는 않지만, 인문 고전 서적이 서가 밖으로 점점 나오는 것에 보람을 느끼죠. 그뿐 아니라 사서를 보는 시민들의 인식이 달라진 것을 피부로 느껴요. 예전에는 우리를 아가씨, 아저씨라고 불렀는데, 지금은 선생님이라고 불러주시고요. 꾸준히 강연에 참여했던 한 회원이 직원들 고생한다고 먹을거리를 전해주셨는데, 알고 보니 와인에 굉장히 해박한 분이시더라고요. 후에 재능 기부로 도서관에서 와인 강연을 진행하게 됐어요."

책을 선정하고 안내하는 사서의 역할에 관심 두는 사람

은 많지 않다. 카운터에서 책을 빌려주는 일만 반복하는 지루한 직업이라고 생각할지도 모른다. 사서의 역량에 따라 도서관의 스타일이나 질은 달라질 수 있다. 좋은 책을 재발견해 이용자와 공유하고 소통하는 이 강연만 봐도 그것을 알 수 있다.

서가는 사방이 통유리로 돼 있어 햇빛이 기분 좋게 쏟아졌다. 도서관을 다시 한 바퀴 돌았다. 도서관 자체적으로 선정한 책이나 시각 장애인들을 위한 큰 책 서가를 따로 두고 있는 것이 인상적이다. 각 층에는 서가에서 바로 이어지는 외부 테라스가 있었다. 제법 널찍한 데다 벤치도 있어 이곳에서 책을 읽기에도 쾌적할 것 같았다.

옥상에 있는 텃밭 도서관은 겨울이라 썰렁했지만, 날이 따뜻해지면 어린이들이 이곳에서 생태 체험도 하고 오두막에서 휴식도 취할 것이다. 난간 너머로 홍동초등학교가 보였고, 바로 옆에는 홍릉근린공원과 나무로 가득한 숲이 있었다. 인터넷으로 도서관에 대한 자료를 찾을 때, 한 이용자가 "동대문구정보화도서관 사랑해"라든가 "내 보석 같은 숨은 공간"이라는 문구로 도서관에 대한 애정을 표현한 것을 보았다. 한가로운 도서관 풍경을 보고 있자니 그들이 마음을 어렴풋이 알 것도 같았다.

동대문구정보화도서관
주소   서울시 동대문구 회기로10길 60
연락처   02-960-1959
운영시간 09:00~22:00 (월요일 휴무)
홈페이지 http://www.l4d.or.kr/ddmeach

동대문구정보화도서관
추천도서

📖 《왜 책을 읽는가》/샤를 단치/이루

'왜 책을 읽는가'라는 제목을 '왜 나는 책을 읽는가'로 바꾸는 것이 더 적절할 것이다. 이 책은 샤를 단치가 자신이 책을 읽는 이유를 풀어놓은 사유의 연회와 같다. 낯선 사유로 단조로운 세상을 읽기 위해, 책 속의 보물을 훔치기 위해, 그리고 독서는 죽음과 벌이는 결연한 전투이기에 그는 책을 읽는다. 네 개의 큰 줄기를 따라 총 75편의 에세이로 구성된 이 책은 샤를 단치의 당당함과 분석력이 돋보인다.

📖 《모스》/에덤 고프닉 외/북폴리오

나방이라는 뜻을 가진 '모스moth'는 TED 만큼이나 유명한 세계적인 스토리텔링 이벤트다. 지극히 일상적이면서도 절대 평범하지 않은 우리 주변 이야기를 다루고 있다. 친구가 자신 앞에서 자살한 사건, 테레사 수녀를 만나게 된 이야기, 18년 동안 억울하게 옥살이한 사람 등과 같은 이야기다. 평소에 유쾌하며 감동적인 이야기를 사랑하는 사람이라면 반드시 이 책을 읽어보기를 권한다.

📖 《작가의 책: 작가 55인의 은밀한 독서 편력》/패멀라 폴 지음/문학동네

세계에서 가장 영향력 있는 서평지인 《뉴욕타임스 북 리뷰》의 편집장이자 베스트셀러 작가인 패멀라 폴이 만난 55인의 작가와의 인터뷰를 모아놓은 책이다. 우리가 흔히 아는 해리포터의 작가 조앤 K. 롤링이나 존 그리셤과 같은 유명한 작가, 피터 톤젠드나 스팅 같은 뮤지션, 과학자, 배우, 하버드 대학 총장 등 전혀 다른 분야에 일하고 있는 사람들을 이 책에서 만나볼 수 있다. 작가의 사적인 독서 취향을 담아낸 참신하고 독특한 책이다.

그곳에 가면 책을 읽고 싶다,
세종도서관

아름다운 책방의 기준은 무엇일까? 문득 이런 생각이 든 것은 아르헨티나 부에노스아이레스의 도서관 '엘 아테네오 그랜드 스플렌디드'의 사진을 보고 있을 때였다. 1903년 세운 극장을 개조해 만든 이 대형서점은 바닥에 있는 객석을 모두 들어내고 그 자리에 책장을 세웠다. 2층, 3층의 관람석에도 책장이 빼곡하게 들어서 있다. 천장에는 이탈리아 작가 나차레노 오를란디의 〈평화의 알레고리〉라는 작품이 화려하게 수놓고 있다. 이토록 화려한 책 극장이라니. '부에노스아이레스에 가면 가장 먼저 찾아가야 할 곳'이라고 여행 수첩에 메모했다.

　서점이나 도서관의 가치를 결정하는 것은 당연히 책이다. 얼마나 많은 장서를 보유하고 있는가, 다양한 카테고리를 포함하고 있는가, 희귀하고 가치 있는 책을 보유하고 있는가. 안전하게 책을 보관하는 기능도 무시할 수 없다. 서점 주인, 사서의 취향에 따라 구성한 개성 있는 서가도 좋겠다. 이렇게 '책'이 갖춰진 책방에 또다른 요소를 보태자면, 매혹적인 공간을 꼽고 싶다. 《작은 아씨들》의 조가 양지바른 창가의 낡은 삼각 소파에 앉아 사과를 베어 물며 《레드클리프의 상속인The Heir of Redclyffe》을 읽는 모습은 얼마나 낭만적으로 보이던지. 산토리니에 있는 서점 '아틀란티스 북스Atlantis Books'는 새하얀 조약돌

같은 외관이 인상적이다. 안은 고동색 책장으로 꾸몄다. 젊은
여행자들이 자유롭게 책을 읽으며 그곳을 지키고 있다. 이들은
지중해가 보이는 테라스에 앉아 인생과 문학에 관해 이야기한
다. 이 아름다운 서점은 책을 좋아하는 게으른 여행가에게는
낙원과 다름없다.

　　국립세종도서관을 찾게 된 것은 그런 공간에 대한 호기심
때문이었다. 2013년 12월에 개관한 이 도서관은 특이하게도 건
축으로 여러 차례 수상한 경력이 있는 곳이다. 독일의 레드닷
디자인상을 비롯해 5회의 건축 관련 수상 경력을 갖고 있다고

하니 분명 보통의 도서관과 다른 점이 있을 것 같았다.

세종시에 도착했을 때, 마치 사막 한복판에 떨어진 것 같은 기분이었다. 정부 청사의 거대하고 날카로운 건물이 솟아 있는 것을 제외하고는 아무것도 없는 너른 평야 같은 곳이었기 때문이다. 뜨겁게 내리쬐는 햇볕과 매섭게 몰아치는 바람을 맞으며 오아시스를 찾듯 거리를 무작정 헤매던 중 저 멀리 거대한 반원형 건물이 눈에 들어왔다. "책을 펼쳐놓은 모양을 그대로 구현한 건물"이라는 설명을 보고 온 터였다. 직접 눈앞에서 본 도서관은 책보다는 붓으로 그린 오목한 그릇처럼 보였다. 한쪽 면은 통유리로 되어 있어 시원하면서 세련돼 보였는데, 창 끝에 오밀조밀 앉아 책을 보고 있을 사람들이 머릿속에 그려졌다.

내부는 거대한 유리창을 통해 쏟아지는 빛으로 가득했다. 도서관 1층 로비는 미술관 같았고, 로비 바로 옆에 책이 있는 열람실이 있었다. 그곳에 들어서자 문득 책이 읽고 싶어졌다. 자료실의 창 너머로 푸른 호수가 보였다. 시간만 주어진다면 안락한 의자에 종일 앉아 책을 볼 수도 있을 것 같았다.

자료실엔 클래식한 나무 책장에 장르별로 구분된 책들이

정돈되어 있었고, 목재 테이블이 일렬로 놓여 있었다. 고동색 테이블과 적당한 간격으로 놓인 스탠드는 영국의 도서관을 떠오르게 했다. 움베르토 에코는 도서관의 분위기가 보호받고 있는 듯한 감정이 이는 데 일조한다고 했다. 그 분위기를 만드는 데 가장 크게 기여하는 것은 밤색 목재와 등의 결합이라고 하니, 그가 말하는 아늑한 분위기는 이 세종도서관에도 적용되는 것 같다. 꽤 많은 사람이 테이블에 앉아 책에 집중하고 있었는데, 인적이 드물었던 밖을 생각하면 의아한 일이다.

　　지하 2층, 지상 4층 규모의 이 도서관은 형식을 파괴한 것처럼 보였다. 마치 미로처럼 설계되어 있어서 1층에 샛길로 통하는 계단이 있는가 하면, 2층 계단에서는 지하에 있는 어린이 열람실을 내려다볼 수도 있다. 층간 자투리 공간들을 빼놓지 않고 모두 책을 읽을 수 있는 공간으로 채워넣었다. 다른 도서관들이 네모반듯한 상자라면 이곳은 팔각형의 입체적인 모양을 하고 있다.

이 도서관은 국립중앙도서관의 첫 지방 분관으로, 애초에 정책정보서비스에 중점을 두고 설립됐다. 그런데 예상과 달리 세종시는 물론 대전, 공주, 청주시 등 인근 지역 주민들이 이곳을 찾기 시작했다. 상대적으로 문화시설이 부족한 지역인 데다, 호수공원과 어우러진 도서관은 가족 나들이에 더할 나위 없이 좋은 장소이기도 하기 때문이다. 세종도서관은 재빨리 시민들의 수요에 맞춰 시설을 정비하고 독서 교실 및 동화구연, 열린 강좌 등 가족 프로그램을 확대했다. 덕분에 주말이면 하루에 3~4천 명이 방문할 정도로 인기 있는 도서관이 됐다. 서점뿐 아니라 도서관 역시 점점 영역을 넓혀 복합문화공간으로 변해가는 추세니 주민의 욕구와 상황이 잘 맞아떨어진 셈이다.

서가를 둘러보다 빅터 프랭클의 《죽음의 수용소에서》를

꺼내 호수가 보이는 창가에 자리를 잡고 앉았다. 평화롭게 책을 읽을 수 있는 시간이다. 책에는 수용소 수감자들이 일을 마치고 나서 죽도록 피곤한 몸으로 죽을 먹다가 노을을 보는 장면이 있다. 평소라면 그냥 지나치고 말았겠지만 바닥까지 내려앉은 그들의 삶 가운데 그 풍경은 눈물을 흘릴 만큼 감동적이었다. 누군가가 짙은 청색에서 핏빛으로 끊임없이 색과 모양이 변하는 구름이 인상적인 하늘을 바라보며 말했다. "세상이 이렇게 아름다울 수도 있다니!"

창밖에서 세종호수의 수면이 바람에 일렁거린다. 내 뒤에는 책들이 가득하다. 지금 이 순간만큼은, 눈앞의 풍경이 그 어떤 곳보다 아름답게 느껴졌다.

국립세종도서관
주소 　　세종시 다솜3로 48
연락처 　044-900-9114
운영시간 　월~일 09:00~18:00 (매월 둘째, 넷째 주 월요일 휴관)
홈페이지 　http://sejong.nl.go.kr

📖 《물음표 혁명》/김재진/프리뷰

머리에 마침표가 찍혀 있으면 '뇌'가 꺼지게 되고, 가슴에 마침표가 찍혀 있으면 '꿈'이 꺼지게 된다. 결국 나다움을 잃어버린 채 살게 된다. 머리에선 물음표가, 가슴에선 느낌표가 살아 숨 쉬게 하는 방법을 이 책은 가르쳐준다. 또한 사람다움이 무엇인지, 생각의 실체가 무엇인지, 마침표와 물음표의 위력이 얼마나 엄청난지, 물음표 혁명을 일으키려면 어떻게 해야 하는지를 다룬다. 우리 삶의 많은 부분이 마침표로 채워져 있었다면, 이 책을 통해 우리들의 물음표를 깨워보도록 하자.

📖 《공명의 시간을 담다》/구본창/컬처그라퍼

사진이 현대 예술의 장르로 자리매김하는 데 중요한 역할을 한 사진가 구본창의 30년 사진 인생을 담은 사진에세이다. 스스로 내성적이고 사회성이 부족하다고 느꼈던 작가의 변화된 모습과, 자신의 작품 세계가 시간의 흐름에 따라 어떻게 변화됐는가를 작품과 함께 진솔하게 들려준다. 작가는 "닳아 없어지거나 시간 속에서 점차 잊히고 사라져가는 것들"을 담은 작품을 통해 사람들이 "일상의 보석"을 발견할 수 있기를 바란다고 말한다. 따뜻한 눈으로 사물과 세상을 바라보는 작가의 이야기를 듣고 나면, 우리도 작고 보잘것없는 것을 볼 때 기록해두고 싶은 마음이 들 것이다.

📖 《소중한 경험》/김형경/사람풍경

소설가 김형경은 《사람풍경》을 시작으로 성장과 변화를 원하는 사람들에게 조언이 될 만한 심리에세이를 꾸준히 집필해왔다. 이 책은 작가가 후배 여성들과 10년 동안 독서 모임을 진행해오면서 나눈 경험을 정리한 것이다.

마음을 비춰볼 수 있는 책을 읽고, 자신의 이야기를 표현하고, 다른 사람들의 이야기를 듣는 기회를 통해 자신의 아픔을 치유하고 성장해나가는 과정이 담겨 있다. 이런 과정을 통해 습관화된 방식을 버리고 스스로 삶의 주인이 되어야 한다고 저자는 말한다. 책을 통해 자신의 마음을 되돌아보고 싶은 이들에게 좋은 안내서가 될 것이다.

음악 전문 공공도서관,
가람도서관

헬싱키 중앙역과 키아스마^{Kiasma} 현대미술관이 있는 엘리엘린아우키오^{Elielinaukio} 거리는 항상 사람들로 붐비는 번화가다. 그 거리에 '라이브러리 10^{library 10}'이 있다. 우체국 건물을 임대해 꾸린 이 작은 도서관은 우리가 상상하는 우아한 외국 도서관의 모습은 아니지만, 도서관에 대한 편견을 깨는 자유로운 방식으로 운영된다. 소파에 누워서 책을 볼 수 있고, 디스코타임이 있으며, 가구 등에 바퀴가 달려 있어 매일 다른 인테리어로 공간을 구성한다. 특히 음악 특화 도서관으로 유명한데, 6만 개의 음악 관련 자료를 소장하고 있는 데다, 서가에는 책 외에도 음악 장비, 레코딩 스튜디오, 음악 감상 코너가 마련되어 있다. 악기와 스튜디오 장비 다루는 법도 배울 수 있으며 이용자가 직접 예술 프로그램을 기획하기도 한다. 이 도서관에서 도움을 받고 싶다면 등에 따옴표가 그려진 유니폼을 입은 직원을 찾으면 된다. 사서이자 미디어, 음악 관련 전문가인 그들이 이용자를 적극적으로 돕는다.

핀란드는 독서율이 세계에서 가장 높은 것은 물론, 성인의 67퍼센트가 도서관을 이용할 만큼 도서관 문화가 가장 발달한 나라다. 핀란드 정부는 "아이들이 걸어서 갈 수 있는 곳에 공공도서관을 하나씩 설치하자"는 것을 방침으로 하고 있다. 전 국민의 교육시설로 도서관을 적극 활용하고 있는 셈인데, 이런 환경에서 다양한 형태의 전문도서관이 존재하는 것은 놀랄 일이 아니다.

파주에 음악을 테마로 해 지은 도서관이 있다는 이야기를 들었다. 우리나라의 음악도서관이라면 기업에서 지은 한 도서관이 유명하지만, 공공도서관의 참신한 시도를 관찰해볼 필요가 있었다. 기본적으로 책이 있는 한 도서관이 외면받을 일은 없겠지만, 그럼에도 정보를 얻을 수 있는 채널이 다양해짐에 따라 도서관을 고집해야 할 이유는 없어졌다. 도서관의 생존

전략 중 하나는 다른 매체가 제공할 수 없는 새로운 정보 또는 역사적, 전문적인 정보를 제공하는 것이 될 수 있다. 음악도서관은 특별한 정보를 제공하기에 알맞은 전문도서관이다. 게다가 음악과 도서관의 만남이라면 누구나 매력적인 조합으로 여길 것이다.

파주시는 공공도서관이 열네 개 정도로 다른 소도시에 비해 많은 편인데다, 파주출판도시까지 있으니 꼭 책의 도시를 목표로 하고 있는 것 같다. 가람도서관 앞에 있는 도로명조차도 '책향기로'다.

도서관은 생각보다 아담한 크기의 건물이었다. 주변에 아파트 단지 말고는 눈에 띄는 건물이 없었다. 특이한 점이라면 음악 전용 홀인 솔가람아트홀이 본관 옆에 있다는 것이다.

"한번은 금난새 지휘자가 파주에서 오케스트라 공연을 한 적이 있어요. 공연 후 시장님과 대화 중에 '파주에 도서관이 잘되어 있다'는 이야기를 듣고선 '외국에는 음악 전문 도서관이 있는데 파주에서 그걸 해보면 어떻겠냐'라고 제안을 하신 거에요. 파주가 음악 공연 같은 문화적 혜택이 부족한 지역이기도 해서 성사가 됐죠."

　　도서관 2층에서 이미아 관장을 만나 도서관에 대한 이야기를 들을 수 있었다. 특별한 이 도서관을 음악가가 제안했다는 것이 놀랍다. 여러 가지로 운이 좋게 작용한 특별한 경우겠으나, 전문가들의 아이디어와 지자체의 지원이 있다면 도서관의 유형도 다양해질 수 있다는 사례를 보여준다. 'SF&판타지 도서관'이나 '추리문학관'처럼 마니아들의 사랑을 받는 전문도서관이 이미 있지만, 오로지 개인이 유지하거나 후원에 의지해야 하기에 어려움을 겪고 있다.

　　이 도서관의 가장 큰 매력은 음악 정보와 지식을 다양한

경로로 습득할 수 있다는 것이다. 예를 들어 솔가람아트홀에서 연주회를 관람하고 나서 바로 옆 도서관으로 향한다. 공연과 관련된 CD, DVD 자료나 관련 음악가의 책이 비치되어 있어 곧바로 빌려볼 수 있다. 더 깊이 공부하고 싶다면 도서관에서 운영하는 '베토벤이나 모차르트가 살았던 시대의 예술문화' 같은 강좌를 듣는 것도 좋다. 음악 정보를 원스톱으로 얻을 수 있는 이런 시스템이 단번에 설계된 것은 아니다.

"사례가 전무하다 보니 처음에는 시행착오가 좀 있었죠. 연세대나 이화여대의 음악도서관에 가서 배우기도 하고, 외국 사례를 연구하며 벤치마킹했어요. 무엇보다도 좋은 음악 자료는 가능한 확보하려고 노력하고 있고요."

그녀의 이야기를 듣고 있으니 도서관에 대한 의욕과 열정을 느낄 수 있었는데, 그녀의 개인적인 성향 때문인 것 같기도 했고, 도서관의 특수한 정체성이 모두를 의욕적으로 만드는 것 같기도 했다. 이를테면 음악적 취향이 없는 사람들이 도서관에 오면서 클래식에 관심을 갖게 되고, 그들의 변화를 본 음악가들은 이 도서관에 애정을 갖게 된다. 그 음악가들은 도서관 자료를 구하는 데 애먹는 직원들에게 도움을 주기도 하고, 연주회나 강연 같은 재능 기부를 하기도 한다.

"처음 음악회를 진행할 때 7살 이하 아이들이 오면 사람들이 좋아하지 않았어요. 그리고 연주자한테 미안할 정도로 통제가 되지 않았죠. 그런데 2년이 지난 지금, 놀랍게도 아이들이 음악을 즐기기 시작했어요. 어른들도 집중하기 힘든 피아노 독주회를 두 시간 동안 가만히 듣고 있어요. 공연이 끝나면 연주자에게 달려가서 사인해달라고 하는 아이들도 있고요."

그런 아이들의 태도에 연주자들은 감동했다. 정통 클래식만 고수해온 그들이 생각을 바꾸고 도서관에서 실험적인 음악 프로그램에 도전한다. 영화나 뮤지컬을 상영하면서 동시에 라이브 연주를 하는 '동물 사육제' 프로그램이 그 예다. 정기 공

연 외에도 성인들을 위한 '모닝콘서트'나 5.1채널로 공연을 감상할 수 있는 프로그램 등을 운영한다.

바흐는 15살 때 독일 뤼네부르크의 성 미카엘 교회 합창단에 들어갔다. 교회에는 상당량의 악보를 소장한 음악도서관이 있었는데 바흐는 그 악보들을 접하면서 작곡 공부를 하기 시작했다고 한다. 바흐 같은 천재 음악가까지는 아니더라도 여기서 음악을 알고 재능에 눈을 뜨는 아이들이 없으리란 법은 없다. 아이부터 어른까지 클래식의 문턱을 낮출 수 있는 것은 공공도서관이기에 가능하다.

자료실에 있는 기하학적 모양의 나무 서가에는 수천 장의

CD와 DVD가 꽂혀 있었다. 선반을 높게 설치하지 않아 전체적으로 공간이 탁 트여 보였는데, 그렇기에 이곳이 음악도서관인지 모르고 들른 사람일지라도 특별한 것이 전시되어 있음을 알수 있다. 서가 맨 앞에는 〈프랑스에 끌림〉이라는 제목으로 얼마 전 열렸던 공연의 음반을 전시하고 있었다. 미셸 플라송 음반을 제외하고는 낯선 연주 음악들이다. CD, DVD 자료는 약 8,000여 장 정도가 있다고 한다. 서가를 살펴보니 협주곡, 건반악기 및 타악기 등으로 세세하게 분류해놓은 것을 알 수 있었다. 안쪽에는 피아졸라 등 탱고와 관련된 음반과 〈비포 미드나잇〉 같은 영화 OST 음반도 빼놓지 않고 구비해두었다.

반대쪽에는 음악 관련 도서가 전시된 서가가 있다. 널찍한로비 끝에 있는데 책장도 흰색이라 다른 자료와 확실하게 분리되어 있다는 느낌을 준다. 반면 음반 서가와 가까워 자연스레두 서가를 왔다 갔다 하며 자료를 공유할 수 있었다. 서가에서는 《서양음악사》 같은 음악의 역사에 관한 책부터 시작해 글렌 굴드, 말러 같은 음악가의 책까지 두루 볼 수 있었는데, 책이책장의 반 정도만 채워져 있어 다소 휑한 느낌도 들었다. 음악관련 자료가 희귀한 것인지, 여전히 자료를 채우고 있는 것인지알 수 없었다. 이 관장은 "좋은 앨범이나 음악책은 가람도서관에 가면 구할 수 있다고 사람들이 이야기하는 그런 도서관을 만들고 싶다"고 했다. 도서관이 오래 유지되면 구하기 어려운 음반이나 오래된 자료는 저절로 채워질 것이고, 세월이 흐를수록 도서관의 가치도 높아질 것이다.

해가 잘 드는 창가에는 음악을 감상할 수 있는 헤드셋 시스템이 마련되어 있고, 별도로 마련된 DVD방도 있었다. 바로 건너편에 있는 솔가람아트홀은 300석의 규모로, 매달 공연이 열릴 때마다 사람들로 가득 찬다고 한다. 내가 갔을 때 문은 잠겨 있었다. 공연이 없는 날에는 들어갈 수 없어서, 다시 한 번 찾기로 하고 도서관을 나섰다.

가람도서관

주소   경기도 파주시 가람로 116번길 170
연락처   031-949-2552
운영시간 09:00~19:00 (토, 일 18:00까지, 월요일 휴무)
홈페이지 http://www.pajulib.or.kr/grlib/index.aspx

가람도서관에서
추천하는 책과 음반

📖 《클래식 시대를 듣다》/정윤수/너
머북스

클래식의 역사를 다룬 책이다. 바흐,
베토벤, 말러 같은 음악가의 삶과 작
품을 다루고 있다. 책을 읽으며 그들
의 시대에서 한바탕 흐드러지게 놀
다 돌아오면 내가 살고 있는 이 시대
에 대한 사유가 밀려온다. 작가 정윤
수는 가람도서관과 인연이 깊다. 음
악과 클래식, 세상을 바라보는 시야
까지 보여준 고마운 길잡이다. 이 책
을 통해 그들이 살았던 시대로 초대
하고 싶다.

📖 《책, 세상을 탐하다》/장영희, 정호
승, 성석제/평단문화사

가람도서관이 음악을 특별하게 다루
고 있기는 하지만 일반도서 자료도
취급하고 있다. 그중 의미 있는 책을
소개한다. 이 책은 한 권의 책이 자신
의 인생을 바꾸고 미처 알지 못했던
가치관과 세계관을 마주하게 했다고
고백하는 책벌레 29인의 이야기를 담
고 있다. 우리 도서관에서도 매일 그
런 사람들을 만나고 있다. 책을 반납

하면서 자신의 이야기를 풀어내는 어
르신, 책 속 주인공에 얼굴을 붉히는
아이, 필사에 온 정성을 쏟아내는 할
머니, 책 속에 빠져 시간 가는 줄 모르
는 여러 사람들…. 이 책을 읽으며 우
리 주변의 숨은 책벌레들을 상상해
보는 것도 재미있을 것이다.

📖 클라우디오 아바도가 지휘하는
베르디의 <레퀴엠>

박재수 음악감독과 가람도서관 음악
동아리의 추천 몰표를 받은 DVD다.
격렬한 슬픔과 강렬한 선율로 가슴
을 치는 매력적인 음악이다. 아바도
의 지휘로 연주자 한 명 한 명의 선율
과 표정이 마치 살아 움직이는 듯한
느낌을 받을 것이다. 베르디 <레퀴엠>
의 먹먹한 감동을 함께하고 싶다.

또다른 음악도서관,
신월디지털정보도서관

서울 최초의 음악도서관으로, 2015
년 개관했다. 음악 도서 및 CD, DVD
등 6,000개의 자료를 소장하고 있으
며, 클래식부터 최신 음악까지 다양
한 장르의 자료를 갖추고 있는 것이

특징이다. LP 전용 음악 감상 코너나 디지털 피아노가 있어 음악을 자유롭게 즐길 수 있다. 기타 교실이나 전문가의 음악 특강을 수시로 진행한다.

주소 서울시 양천구 오목로5길 34(신월동)

연락처 02-2065-1260

운영시간 09:00~22:00 (토, 일 10:00~18:00, 월요일 휴무)

파주출판도시

출판 유통 구조의 현대화를 위해 조성하게 된 거대 출판 단지. 출판사나 유통센터, 디자인 회사 등 350여 개 업체가 입주해 있다. 이로 인해 출판 원스톱 체제가 가능하게 되었다. 책과 관련된 문화시설도 많다. 중심부에 있는 복합문화센터인 아시아출판문화정보센터라든가, 수천 권의 책으로 둘러싸인 도서관 '지혜의 숲'이 유명하며 그 외에도 헌책방, 북카페, 갤러리 등 40여 개의 문화시설이 마련되어 있다.

블로그 http://blog.naver.com/paju213

3

한국의 헤이온와이를 꿈꾼다

우리나라의 책마을

마리서사

농부네 텃밭도서관

책마을 해리

한국 책마을의 시작을 꿈꾸다,

마리서사

험준한 산등성이를 몇 번이나 넘고 굽이굽이 이어진 흙길을 지나면, 산속 깊숙이 자리 잡은 한 오지 마을이 나온다. 안동에서 두 번째로 깊은 곳에 있는 산골 마을이라고 했다. 이 마을 초입에 헌책방 마리서사가 있었다.

이런 깊은 산골에 다른 것도 아닌 헌책방이 있으리라고 누가 생각이나 할까. 그것도 폐교를 개조해 연 책방이다. 연두색과 분홍색의 건물은 무채색 마을 안에서 홀로 생생했다. 책방을 뒤로하고 돌아서면 쪽빛의 안동호가 한눈에 들어오고, 오른편으로는 소박한 산골 마을의 전경이 보인다. 고요한 마을이었다. 사람이 사는 집이 반, 빈집이 반이었는데, 텅 빈 집이 여백처럼 느껴졌다.

이 무모하면서도 놀라운 책방을 세운 마리서사 대표 박상익 씨는 헤이온와이 같은 책마을을 꿈꾸며 이 시골 오지 마을에 정착했다. 대학 도서관 사서였던 그는 우연히 폐교를 개조해 만든 영월 책박물관의 모습을 보고 신선한 충격을 받았다. 그리고 몇 년 후, 귀농을 결심했을 때 그의 머릿속에 책마을이 떠올랐다. 전국의 폐교를 찾아다니기 시작했고, 마음에 쏙 드는 이 작은 시골 마을을 발견하고선 홀로 모든 것을 만들어나갔다. 교실을 수리해 사택과 숙직실을 만들고, 벽에 페인트칠을 했다. 서가를 만들어 쌓여 있는 책을 꽂아넣고, 학교 주변을 정돈하기 시작했다. 마을 어귀에 있는 '안동책마을' 나무 이정표는 얼마 전 그가 직접 세운 것이다. 얼마나 애정을 쏟고 세심하게 관리하는지는 운동장 주변에 쌓아놓은 돌무더기만 봐도 알 수 있는데, 큰 돌, 작은 돌, 뾰족한 돌 등 제각기 다른 모양의 돌들이 빈틈없이 옹골지게 쌓여 운동장 주변을 둘러싸고 있었다.

정비를 마치고 나서 그는 책방에 마리서사라는 이름을 붙였다. '마리서사茉莉書舍'는 박인환 시인이 1945년 말 종로에 연 책방의 이름을 그대로 따온 것이다.

　시간의 경계를 넘어선 것 같은 기분이 드는 것은 무슨 까닭일까. 새로 장식한 건물이지만, 내부는 옛 학교 모습 그대로였다. 시멘트 바닥, 미닫이 교실 문, '2-1반' 표지판, 복도 한편의 신발장들이 묘한 감정을 불러일으킨다. 창문 너머로 교실을 들여다보자 감탄사가 절로 나왔다. 교실 전체가 온통 책으로 가득했다. 벽에는 나무로 선반을 짜서 들여놓았고, 책상과 의자가 있던 자리에는 적당한 간격을 두고 책장을 배치했다.

　서가를 돌아보고 있자니 문득 '책의 생명력'에 대한 이야기가 떠올랐다. 책은 종이와 잉크로 이루어진 사물임에도 오래전부터 한 인간의 정신 또는 영혼이 담긴 물체로 여겨져왔다.

2000년 전, 로마 시대의 한 시인은 "책은 그 자체의 생명을 가지고 있다"라고 했다. 책을 읽는 행위는 한 사람의 머릿속을 엿보는 것과 같아 마음이 맞는 책을 읽고 나서는 그 사람의 눈으로 세상을 보게 된다. 이렇게 시작한 책과의 교감은 마약중독과도 비슷한 면이 있어서, 책에 매료된 다독가나 애서가 그리고 탐서주의자들은 닥치는 대로 책을 파고들기 일쑤다. 도서관이 불타고 전쟁으로 대량의 책이 훼손돼도 누군가는 어떻게 해서든 책을 살려놓고, 결국 책은 살아남는다. 몇몇 종류의 식물이 살아남기 위해 사람을 길들이는 것처럼, 책 역시 사람을 길들임으로써 지금껏 살아남은 것인지도 모른다. 갑자기 교실

속 서가에서 웅 하는 소리가 들리는 것 같았다. 고요함에 익숙지 않은 내 귀의 환청인지, 생명력 있는 책들의 아우성인지 알 수 없는 일이었다.

2층으로 된 건물에는 총 일곱 개의 교실이 있었는데, 고서적부터 시작해 철 지난 베스트셀러나 전문서적 등을 분류해 교실마다 배치했다. '문지방 안 밟기'라는 표어가 그대로 남아 있는 어떤 교실 문에는 1800년대에 제작된 아시아 지도와 미국 남북전쟁 지도가 붙어 있었다. 역사책, 지리책이 주로 있는 서가였는데, 여행에 관심이 많다는 내 이야기에 책방 주인은 1대 세계여행가로 알려진 김찬삼의 책을 건넸다. 1974년 출간된 이 세계여행 시리즈는 당시에는 낯설었을 미국이나 아프리카, 오세아니아의 문화와 풍경을 담고 있다. 낡은 하드커버 표지를 넘기자 흑백사진 속 맨해튼의 70년대 풍경이 눈에 들어왔고, 책을 넘길수록 오래된 책 특유의 퀴퀴한 냄새가 났다. 가장 큰 교실은 책장으로 공간을 분리했는데, 그 사이를 넘나들려면 굴에 들어가는 것처럼 머리를 숙여야만 했다. '오늘날 나를 있게 한 것은 우리 마을 도서관이다—빌 게이츠'라고 적힌 팻말이 이 서가의 표어처럼 여겨졌다.

백과사전이 진열된 신발장을 지나면, 주인의 취향을 엿볼

수 있는 장식들이 곳곳에서 눈에 띈다. 그림에 문외한인 내 눈
에도 꽤 근사해 보이는 동양화나, 오래된 레코드판, 고가구 등
이 전시되어 있어 예술적인 분위기가 감돌았다.

　　건물 입구 쪽에는 책방 주인의 보금자리가 있었다. 나무를
때워 불을 피우는 옛날식 난로와 고동색 책상, 책을 넣어두는
작은 선반이 있었다. 나머지 공간은 마루를 깔아 응접실로 사
용하고 있었다. 창 너머로 안동호가 한눈에 들어왔다. 얼마 전
문인 몇이 이곳에 모여 밤새 이야기를 나눴다고 한다. 아늑해
보였지만, 홀로 이 거대한 공간을 지키며 책방을 일구는 것은
보통 외롭고 힘든 일이 아님을 짐작할 수 있었다.

누구든 호기심을 느낄 만한 공간이다. 반면 책을 여간 좋아하는 사람이 아니라면 이 오지 마을을 찾기란 쉽지 않을 것이다. 우리나라 출판 시장의 현실을 생각하면 헤이온와이 같은 책마을은 어려워 보인다. 박상익 씨는 장기적으로 "한자로된 좋은 책을 수집해 책 수요 범위를 아시아권으로 확장하려한다"고 말했다. 귀중한 책을 찾기 위해 헤이온와이로 사람들이 모여들었던 것처럼 원하는 책을 찾는 사람을 안동으로 끌어들일 수 있다는 것이다. 리처드 부스가 헤이온와이에 처음 서점을 열었을 때, 마을 사람들은 이렇게 말하곤 했다. "석 달도 못버틸 거야. 헤이에는 책을 읽는 사람이 없으니까." 하지만 리처드 부스는 아랑곳하지 않고 소신대로 행동한 끝에 '책마을'이라는 독특한 모델을 만들어냈다. 어쩌면 지금 책방의 부흥을위해 우리에게 필요한 것은 위대한 실천가이자 혁명가인지도모른다.

다시 운동장으로 나왔을 때, 안동호를 끼고 있는 풍경은한층 생생해져 있었다. 그가 꿈꾸는 책마을을 상상해본다. 스무 가구가 채 되지 않는 작은 마을 앞에는 강이 흐르고, 숲이마을을 뒤덮고 있다. 각각의 집은 모두 책방이다. 본인이 수집

한 책을 모아 헌책방을 연 사람, 아니면 그림이나 여행 같은 전문 분야의 서점도 있을 것이다. 책을 좋아하는 사람들이 실컷 책을 읽으며 마을에 며칠간 머물고, 밤에는 폐교 책방에 옹기종기 모여 문인들과 밤새 문학과 인생에 관한 이야기를 나눈다. 성공을 확신할 순 없지만, 적어도 작은 변화가 이곳에서 시작되고 있었다.

마리서사

주소　　　　경북 안동시 와룡면 도곡리 315
홈페이지　http://www.blog.naver.com/psishs0511
※ 마리서사 책방의 운동장에서는 캠핑도 가능하다. 책방 주인은 "준비한 게 없
어 불편할 수도 있다"고 공지하면서도 불편함만 감수할 수 있다면 원하는 이는 누
구라도 방문해 쉬어 갈 수 있다고 했다. 바로 앞에 있는 안동호에서 낚시를 하고
책방에선 책도 마음껏 볼 수 있으니, 책을 좋아하는 사람이 쉬어 가기에 이보다 적
당한 곳도 없을 것이다.

책마을 헤이온와이 Hay-On-Wye

영국 웨일스 지방에 있는 이 마을은 1960년까지만 해도 불과 1,500여 명의 주민들이 살고 있는 작은 탄광촌이었다. 이곳이 리처드 부스라는 한 청년에 의해 새롭게 태어나게 된다.

리처드 부스는 하버드 대학을 졸업한 후 전 세계를 돌아다니며 헌책을 수집하기 시작했다. 그 후 그는 이 작은 마을에 정착해 서점을 연다. 처음에는 모두가 그를 괴짜로 여겼지만, 100만 권의 책을 소유한 이 청년에게 책을 사기 위해 많은 사람들이 마을로 모여들면서 변화가 시작됐다. 마을의 고성古城, 소방서, 극장, 창고 등이 모조리 책방으로 개조됐고, 매년 10만 명 이상이 찾는 책 관광 마을로 변모했다.

재미있는 일화 중 하나는 1977년 리처드 부스가 마을을 '헤이온 왕국'으로 선포하고, 자칭 '서적왕 리처드'가 된 것이다. 실제로 즉위식을 진행하고, 여권을 발행하거나 쌀로 만든 종이로 화폐를 만들기까지 했다. 나중에는 이 책마을에 영향을 받아 레뒤(벨기에), 브레드보르트(네덜란드), 몽틀리유(프랑스), 생피에르 드 클라주(스위스) 등 헤이온와이를 모방한 책마을이 세계 곳곳에 생겨나기 시작했다. 매해 5월, '헤이 페스티벌'이 열릴 때쯤이면 헤이온와이의 열기는 절정에 이른다. 전 세계의 책을 사랑하는 사람들이 이곳에 모여 책에 대한 이야기를 나누며, 영국은 물론 세계적으로 유명한 저자들과의 만남을 갖는다. 책과 서점을 사랑하는 사람에게는 그 어떤 곳보다 환상적인 마을인 셈이다.

마리서사
박상익 대표가
추천하는 책

📖 《헌책방마을 헤이온와이》/리처
드 부스/씨앗을뿌리는사람
책마을을 하는 사람으로서 이 책을
빼놓을 수 없다. 리처드 부스의 자서
전이라고 할 수 있는 책으로, 책마을
여정에 관한 한 편의 파노라마 또는
대서사시를 보는 듯하다. 리처드 부
스의 책에 대한 사랑과 열정, 남다른
유머 감각, 낙천주의적 성격으로 삶
을 바라보는 태도, 상상력 넘치는 사
업 감각을 엿볼 수 있는 매우 드라마
틱한 책이다.

📖 《잡초는 없다》/윤구병/보리
50세가 넘어 교수직을 과감히 버리고
농사꾼의 길로 들어서며 우리 시대
에 화제가 되었던 윤구병 씨의 책이
다. 전라도 변산 땅에서 농사를 지으
며 겪었던 일들과 생각을 풀어낸 에
세이집인데, 이분이 가진 확고한 삶의
철학과 교육관은 우리 사회에서 두고
두고 화두가 될 거라 생각한다. 바다
건너에 《조화로운 삶》이라는 책이 있
다면, 우리에게는 《잡초는 없다》가

있다고 말하고 싶다.

📖 《잃어버린 지혜 듣기》/서정록/샘터
시각 문화가 만연한 우리 시대에 '듣
기'의 중요성을 역설하며 "듣기에 관
한 세상의 모든 지혜"를 담은 책이다.
듣기에 실패한 인간의 삶이 얼마나
폭력적이고 비인간적인 사회를 만드
는지 살펴보며 저자는 이제 "귀로 듣
는 것"으로 돌아가야 한다고 말한다.
혼탁한 시각 영상의 세계에 살고 있
는 현대인에게, 신비로운 듣기의 세계
를 이야기하는 이 책을 권하고 싶다.

아이들과 함께 뛰어놀 수 있는 자연 속 도서관,
농부네 텃밭도서관

인도네시아 자바 섬에는 '말 도서관'을 운영하는 남자가
있다. 이름 그대로 말에 책을 싣고 학교나 마을 등지를 돌아다
니며 책을 빌려주는 이동식 도서관이다. "내가 말을 좋아하니,
말을 통해 사람들에게 도움을 줄 수 있는 일을 하고 싶었다."
말 도서관을 시작한 이유를 그는 이렇게 밝히고 있다. 말 도서
관을 찍은 사진에는 책이 가득한 나무 궤짝을 실은 백마와 호
기심 가득한 눈으로 책을 꺼내는 아이들이 있었다. 인도네시아
에서도 문맹률이 높은 편인 이 섬에서 말 도서관은 단순 명물
이 아닌, 아이들의 희망 같은 존재일 것이다.

서재환 대표 역시 책을 가득 실은 경운기를 끌고 마을을

오가던 때가 있었다. 책을 접할 기회가 많지 않았던 시골에서 '경운기 도서관'은 아이들의 재밌는 놀잇거리이자 희망이었다. 무려 30년 전의 오래된 이야기다. 지금은 광양의 한적한 마을에서 농부네 텃밭도서관을 운영하는 그를 찾았다. 오랜 세월 몸소 체험한 개인도서관의 진화에 대해 듣기 위해서였다.

청암리에 있는 농부네 텃밭도서관에 가까워질수록 굉음은 커졌다. 숲길을 지나 도서관 입구에 들어섰을 때, 그는 트랙터에 앉아 돌을 골라내는 작업을 하고 있었다.

"저 안쪽 담에 돌을 쌓으려고요. 지금은 벽돌로 돼 있는데 보기가 싫어서… 화장하는 거죠."

작업을 마무리한 그와 마주 앉았을 때, 바람과 풍경 소리만이 울려 퍼졌다. 이제 막 잔디가 올라온 푸른 공터에는 정자나 소박한 건물들이 드문드문 자리하고 있었다. 도서관이라기보다는 평화로운 작은 마을 같다. 내 바로 옆에는 거대한 느티나무가 있었는데, 나무 오두막이 그 위에 우뚝 올라서 있었다. 어릴 때 《허클베리 핀의 모험》을 읽으며 나무 위 오두막집을 한 번이라도 소망하지 않은 이가 있을까.

"여기 있는 것들은 모두 제가 꿈꿨던 것들이에요. 꿈 따라 인생이 흘러간다고들 하잖아요. 이 나무 위의 집도 그중 하나고요. 옛날 시골 초가삼간을 보면 방 하나에 일곱 자씩 나오거든요. 딱 그 크기예요. 얼마 전에 할머니와 손자가 닷새 동안 여기 머물렀죠."

닷새 동안 그들이 무얼 했냐고 물어보니, "그냥 있는 거에요. 할머니는 정자에 있고, 아이는 연못에서 놀고. 때가 되면 밥을 먹고요. 누구나 주인이 될 수 있는 별장 같은 곳이니까요"라는 대답이 돌아왔다.

아담한 흙집 옆에는 목련이 흐드러지게 피어 있었다. 평화로운 풍경에 취해 있다 문득 책이 있는 곳이 어디인지 궁금해졌다. 이름은 도서관이지만 정작 그 모습은 보이지 않는다.

"열린 도서관이라고 할 수 있어요. 작은 도서관이 이 안에 있긴 하지만 그 외에도 사랑방, 정자, 전통놀이터, 그리고 이 나무 위의 집도 모두 도서관이에요. 그 안에 책들이 조금씩은 있거든요. 여기서는 책을 보는 것이 놀이의 일종이에요. 지식을 위해 책을 보는 게 아니라 그냥 재밌으면 보는 거죠."

그의 말대로였다. '모놀정'이라는 이름이 붙은 정자 한편에는 책 몇십 권이 꽂힌 선반이 있었다. 2층 높이의 누각에는

책을 담아놓은 그물을 천장에 매달아두었다. 다소 비좁은 나
무 위의 집에도 낮은 선반을 달아 책을 넣어두었다. 실컷 뛰어
놀다가, 또는 낮잠을 자다가, 혹은 하릴없이 무료할 때, 손을 뻗
으면 그곳에 책이 있었다.

연못 앞에 작은 도서관이 있었다. 세로로 길쭉하게 뻗어
있는 나무 바닥이 숲길을 연상케 했다. 양쪽에는 책들이 빼곡
하게 들어찬 서가가 있었고, 숲이 보이는 창 옆에는 책을 볼 수
있도록 4인용 테이블을 마련해두었다. 그가 평생 도서관을 하
며 모은 책은 3만 권 정도 되지만, 텃밭도서관을 시작하면서 대

부분 처분했다고 한다. 지금 남은 것은 아동용 도서 5,000권
정도다.

　서가를 거닐다 보니 익숙한 표지가 보인다. 어릴 때 읽었던
세계문학전집이었다. 《이이솝 이야기》《집 없는 아이》《프랑스
동화집》…. 새파란 책등과 추억 어린 제목이 반갑다. 계몽사에
서 나온 이 〈소년소녀세계문학전집〉 시리즈는 1985년 판인데,
그 전에 발매된 1977년도 판은 지금은 구하기가 힘든 귀한 책
이 됐다. 그보다는 못하지만 1985년 판도 그 시대를 추억하고
싶어 하는 이들이 욕심내는 시리즈 중 하나다.

　내가 이 책을 보고 있었을 무렵, 그는 농촌에서 이런 책들을 경운기에 싣고 다녔다. 1980년대 초, 그는 청도마을에서 농사를 짓는 평범한 농부였다. 책과 친해질 기회가 없는 시골 마을 사람들을 위해 500권의 책이 있는 작은 문고를 연 것이 도서관의 시작이었다. 당시 계몽운동이 한창이었고, 독서운동도 활발했다. 의욕적인 청년들은 몰려다니며 단체 활동을 하곤 했고, 그것이 농촌 부흥의 원동력이었다. 아이들이 한 동네에 3~40명씩은 있었기에 그가 설치한 문고는 꽤 잘됐지만 거기서 멈추지 않았다. 그는 자신을 가리켜 "엉뚱한 짓을 하며 즐기는 사람"이라고 했다. 오토바이에 책을 싣고 인근 마을에 진출하기 시작한 것이다. 그것으로도 모자라 더 많은 책을 제공하기 위해 만든 것이 '경운기 도서관'이다. 음악 소리와 함께 경운기 도서관이 마을에 등장하면 아이들이 줄줄이 나와 그를 반겼다. 경운기를 끌고 이 마을 저 마을 다니는 일은 10년 정도 이어졌다. 그사이 시골에는 아이들이 줄었고, TV나 컴퓨터 같은 새로운 놀 거리가 생겨나면서 아이들은 밖으로 나오지 않게 되었다. 그는 진상면 학교 앞으로 자리를 옮겨 수업을 마치고 나오는 아이들에게 책을 빌려주기 시작했다. 그렇게 또 10년이 흘렀다. 이제 아이들은 밤늦게까지 교실에 머물거나, 곧바로 학원으로 향한다. 도서관이 소용없게 되었다고 그는 말했다. 어차피 학교 때문에 아이들을 만날 수가 없으니, 주말 도서관이나 하자는 생각으로 광양에 터를 꾸렸다. 그가 멈춰선 그때, 외지인들이 이곳을 찾기 시작했다.

세월에 따라 변화한 그의 도서관은 곧 시대의 흐름이기도 했다. 농촌의 부흥과 쇠퇴, 급속도로 발전하는 우리 사회의 영향을 고스란히 받으며 그의 도서관도 끊임없이 변해왔다. 최종 종착지인 이곳 역시 '사는 터전'이 아닌 '쉼터' 정도로 여겨지는 현재 농촌의 모습을 반영한다. 그는 그런 환경에 맞춰 도서관의 목적을 다시 한 번 바꾼다. 책이 없어서가 아니라, 책을 도무지 볼 수 없는 요즘 환경을 생각해 자연스럽게 책을 접할 수 있는 놀기 좋은 도서관을 만든 것이다.

"이 도서관을 만든 건 책을 읽을 수 있는 환경을 만들어주자는 의도가 가장 컸어요. 지금 아이들에게 진짜 필요한 건 노는 거잖아요. 굳이 나까지 책을 보라고 권하면 애들을 더 괴롭히는 쪽이 돼요. 맘껏 뛰노는 것이 소원인 아이들도 있을 거고요. 그래서 책이 있는 환경에서 놀이도 할 수 있는 쪽으로 가닥을 잡았죠."

독서를 스스로 하면 재미고 즐거운 '놀이'지만, 누군가 강

요하면 그 순간부터 괴로운 '일거리'가 된다. 아이들뿐 아니라 어른들에게도 해당되는 이야기다.

예전에 그가 끌고 다녔던 경운기는 마차로 개조했다. 아이들을 태우고 마을을 돌며 마차 체험을 시켜주는 용도다. 그 외에도 여기엔 다양한 자연의 놀 거리가 있다. 그가 아이들에게 권하는 노는 방식은 '전통놀이'다. 연못 위에 있는 끈을 잡아 끌며 배로 이동하는 줄배타기라든가, 투호놀이, 활쏘기 등 다양한 전통놀이를 이곳에서 체험할 수 있다.

"이곳은 전통놀이로는 가장 많은 시설을 갖추고 있는 도서관이에요. 전통놀이 도서관으로 가는 것이 앞으로의 목표기도 하고요. 그러기 위해 전통놀이 체험관이나, 많은 학생을 수용할 수 있는 규모의 시설을 우선 갖출 것이고요."

그가 발견한 전통놀이는 간단하면서도 생소한 것이 많았다. 벼메뚜기 구워 먹기, 대나무 헬리콥터 놀이, 깡통죽마타기 같은 것들이 그것이다.

도서관의 종착지인 이곳에서 마음이 편안해짐을 느꼈다. 그는 이 안에서는 길을 따로 낼 필요가 없다고 했다. 아이들이 자주 다니는 곳은 저절로 길이 난다는 것이다. 억세기만 했던 터가 아이들이 오면서 바뀌었다고 했다. 반드시 읽힐 필요가 없는 책도, 꼭 책을 읽지 않아도 되는 아이들도 이곳에서만큼은 자유로워 보였다.

농부네 텃밭도서관
주소   전남 광양시 진상면 청도길 19
연락처   061-772-5025
홈페이지 http://cafe.daum.net/nongbuc

농부네 텃밭도서관
서재환 대표가
추천하는 책

시골 순수한 청년의 마음을 그대로 읽을 수 있었던 정채봉 씨의《초승달과 밤배》가 좋았고, 자연 속을 사는 데는 장자의 책이 도움이 됩니다. 사실, 어느 책 하나를 고르기보다는 읽었던 책들이 모두 양분이 되어 내 도처에 있다고 할 수 있어요.

"머루랑 다래랑 먹고 청산에 살고 싶어서"(청산별곡) 이곳에 머루나무와 다래나무를 심었고,

"목련꽃 그늘 아래서 베르테르의 편지 읽고 싶어서"(사월의 노래/박목월) 목련 나무를 심었고,

"이화에 월백하고 은한이 삼경인제"(이조년)를 체험하고 싶은데, 이화(배꽃)가 없으면 체험할 수 없지 않나요?

"접시꽃 당신"이 좋아서 접시꽃도 심었는데, 지금은 없어져버렸네요.

그런 식으로 하나하나 의미가 있는 듯 없는 듯 책 문구가 모두 내 곁에 있습니다.

누구나 책을 읽고 쓰는 곳,
책마을 해리

　오로지 책으로만 움직이는 세상이 있다면 어떨까. 가끔 책으로만 자급자족하는 사회를 상상한다. 모든 사람이 책을 쓰고 읽는 일에 몰두한다. 수없이 많은 종류의 펜과 질 좋은 종이를 생산하고 책을 거래하는 것이 그 사회의 주요 산업이다. 귀중한 고서의 소유 여부로 부가 갈리고, 글의 장르는 수백 혹은 수천 가지 이상이며, 심지어 모든 스포츠는 누가 책을 더 빨리 읽는가, 또는 누가 책에 쓰인 글자의 수를 더 잘 맞히는가 따위의 시시한 놀이로 대체된다. 터무니없는 생각일지 모르지만, 책에 대한 엉뚱한 상상을 글로 풀어놓은 경우는 꽤 있다. 도서관에서 사라진 1만 5,000권의 책을 찾기 위한 고군분투를 다룬 책, 고서점이 가득한 마을에 책 사냥꾼이 등장하는 책, 사라진 책만을 모아놓은 가상의 도서관을 가정한 책….

현실에서는 책과 도서관의 명맥을 유지하기 위해 책을 곁에 두는 것을 강제했던 사례도 있다. 중세 전기 유럽은 도서관의 암흑기라 여겨졌던 시대다. 당시 책과 도서관의 명맥을 유지한 것은 수도원이었는데, 그중 가장 영향력 있는 교단으로 알려진 성 베네딕트 수도회에서는 책에 대한 회칙을 뒀다. 독서를 생활화할 것, 모든 수도원이 수사 한 명당 한 권 이상 책이 돌아갈 정도로 장서를 보유할 것, 일정 시간 독서한 후에 일을 할 것. 심지어 식사 때 책을 낭독하는 사서를 두어 간접 독서를 하는 방법까지 고안해냈다.

책마을 해리는 책으로만 사는 상상 속 마을과 가장 유사한 곳이었다. 단순히 책을 진열해놓은 공간이 아닌, '책을 만드는 사람이 모인 공동체'이기 때문이다.

30가구 정도만이 거주하고 있는 월봉마을. 책마을 해리는 고창 읍내에서도 한참을 들어가야 하는 이 외진 곳에 둥지를 틀었다. 폐교를 개조해 만든 이 책공간은 과거 흔적을 그대로 간직하고 있었다. 붉은 벽돌로 지어 올린 교사, 넝쿨 흔적이 그

림자처럼 남아 있는 벽, 색이 바랜 양호실 스티커…. 학교 앞에
는 낡은 동상 몇 개가 쓸쓸하게 서 있었다.

사무실이 있는 별동에 들어서자 덩치 큰 삽살개가 나와
탐색하듯 코를 가져다 댄다. 아늑한 실내에는 두어 명의 직원
이 책상 앞에 앉아 있었다. 그 사이에서 이대건 촌장이 반갑게
나를 맞았다(특이하게도 그는 촌장으로 불리고 있는데, 대표보다 촌
장이라는 직함이 책마을 공동체에 잘 어울린다는 생각이 든다).

"나성초등학교는 증조부께서 마을에 기증했던 학교인데,
2001년도에 폐교가 됐죠. 이런 책공간을 오래전부터 꿈꿔오기
도 했고, 선친의 교육에 대한 뜻을 이어가고자 하는 마음이 컸
어요. 이 학교를 인수할 당시 저는 서울에서 출판 일을 하고 있
었거든요. 서울과 고창을 격주로 오가면서 책마을 준비를 시작
했죠. 리모델링을 하고, 책을 모으고, 작은 프로그램도 운영해
보면서요."

몇 년의 준비 기간을 가진 후, 그는 가족과 함께 고창으로
완전히 귀농한다. 책마을 해리가 정식으로 문을 연 것도 그 무
렵이다.

　책마을 해리의 정체성을 한 번에 이해하기는 어려웠다. 도
서관이나 서점처럼 '책이 있는 공간'이기는 하지만 그것은 이 방
대한 책마을의 일부일 뿐이다. 운영은 대개 이런 식으로 진행
된다. 전국에서 다양한 연령대의 사람들이 여기에 모인다. 그
들은 책을 읽고 탐구한 후, 그 결과물로 새로운 책을 출간한다.
이 시스템의 핵심은 '출판캠프'라는 프로그램이다.

"'누구나 책, 누구나 도서관'이 책마을 해리의 슬로건인데요, 누구든지 여기에 오면 책도 읽고, 콘텐츠도 발굴하고, 책을 낼 수 있는 공간이라는 의미예요. 사람들이 모여 책을 소비하는 공간이 아닌 '책을 만드는 사람이 모인 공간'을 만들고 싶었어요. 그 취지에 부합하는 활동이 직접 콘텐츠를 짜서 책을 만들어보는 출판캠프고요."

　출판캠프는 대상이나 내용이 무엇이냐에 따라 여러 프로그램으로 분화된다. 어린이들이 모여 시를 배우고 책을 내는 '어린이 시인학교', 동학혁명의 근원지인 고창을 청소년들이 답사하고 배우는 '청소년 동학 캠프', 그리고 마을 어르신이 쓴 시를 책으로 만드는 마을학교도 있다.

　이대건 촌장은 《파도는 내 발이 좋은가 봐》《숨어서, 숨어서》라는 제목의 책을 테이블에 내려놨다. '어린이 시인학교'에 참여한 아이들이 낸 책이다.

　"굉장히 인기가 좋은 프로그램 중 하나예요. 2박 3일 동안 아이들이 여기 머물면서 시를 읽고, 그 시에 대한 생각을 나누기도 하고, 직접 시를 써서 책으로 만드는 거죠."

　창가에서 작업하던 한 직원은 곧 발간할 어린이 시집을 검토하고 있었는데, 아이들이 쓴 시가 기발하고 재미있다며 내게

몇 편을 보여주었다.

　"원래는 이곳에 작가들을 불러서 책을 쓰고 만들려는 계획이었어요. 그런데 하다 보니 '꼭 작가일 필요가 있을까, 누구든지 와서 책을 만들면 그걸로 되지 않을까' 하고 생각이 바뀌더라고요. 그런 측면에서 아이들, 가족들, 마을 주민으로까지 대상을 확장한 거죠."

　아이부터 어르신까지 누구든 와서 책을 만들 수 있는 공간이라는 것이 참신하다. 여기서 창조할 수 있는 책 프로젝트는 무궁무진해 보였다.

    책마을 해리를 이루는 건물은 여러 채였다. 그중 3만 권 정도의 책이 쌓여 있는 메인 홀 '책숲시간의숲'은 교실 두 개 정도를 합친 크기로, 홀 전체를 비워놓아 많은 사람이 모이기에 적당한 공간이었다. 교실 양쪽 벽에 천장 끝까지 책장을 짜서 책으로 가득 채워놓았다. '버들눈 작은 도서관'에는 어린이와 성인들이 읽을 수 있는 책들이 있었고, 책을 다 읽을 때까지 나올 수 없다는 '책 감옥'은 아이들의 호기심을 끌 만해 보였다.

    여기에는 총 13만 권 정도의 책이 있는데, 출판계에 있던 이 촌장이 품앗이로 가져온 책들이 많다. 이 중 6만 권의 책은 아직도 창고에 쌓여 있다고 한다. 그는 남은 책의 처리 방법에 관한 재미있는 기획을 들려주었다.

"숙소를 책 읽는 공간으로 만들면 저절로 정리되지 않을까 생각해요. 예를 들어 한 공간을 농업이라는 테마를 가진 북스테이로 만드는 거죠. 그 안에 작물 재배법이나 식물 관련 책, 요리책 등 농업과 관련된 책이 한데 모일 수 있게요."

'책이 만들어지는 공간'을 베이스로 하고, 하나씩 필요한 것을 덧붙이는 방식으로 책마을 해리는 더 견고해지고 있다. 지역 주민과의 연계도 이에 해당한다. 예컨대 출판캠프를 진행하면서 필요한 볼거리, 먹을거리는 모두 지역에서 해결하며, 갯벌 체험 같은 농어촌 지역만의 콘텐츠를 찾아내는 데도 지역 주민의 도움을 받는다. 책을 만드는 주체는 작지만, 범위를 확장하면 지역 전체가 하나의 공동체가 되는 것이다.

이곳의 독특한 운영 방식이 알려지면서, 벤치마킹을 위해 찾는 이들도 늘고 있다고 한다.

"작은 책마을이 여러 개 만들어진다면 저는 정말로 좋습니다. 현재 지역아동센터나 도서관이 진행하는 프로그램들을 조금만 연계하고 발전시키면 작은 책마을이 될 수 있거든요. 은퇴자들이 이런 역할을 한다면 좋을 것 같고요. 누구든지 책

마을에 대해 물어보시면 다 알려드리고 있어요. 우리가 '책마을 씨앗'의 역할을 하는 거죠."

　'책숲시간의숲'을 둘러보다 보니 마을 어르신들이 쓴 시를 전시한 〈밭매다 딴짓거리〉라는 전시회가 눈에 띄었다. 평생 농사일만을 해온 삶이기에, 글 한번 써보지 못한 분들이 많을 것이다. 요즘 젊은 세대를 중심으로 짧은 시가 유행인데, 읽어보니 어르신들의 시도 그에 못지않게 유머러스하며 직설적이다. "누구나 글을 쓰고 책을 내는 곳"이라는 책마을 해리의 정체성을 단번에 이해할 수 있었다.

여름에는 해도 길고 징하게 뜨겁네

이놈의 해는 품도 안팔아 보았나.

징해계도 길기도 허내

여름에는 해도 뜨거어

해수욕장에 덤벙거리고

놀았으면 기분이 째지겠네.

_조향순

책마을 해리

주소　　전북 고창군 해리면 월봉성산길 88 해리초등학교라성분교
연락처　070-4175-0914
홈페이지　http://blog.naver.com/pbvillage

책마을 해리
추천도서

📖 《부엉이와 보름달》/제인 율런/시공
주니어

책마을 해리에서 열리는 축제 중 '부
엉이와 보름달 작은 축제'라는 것이
있다. 매달 보름 금요일 밤에 아이들
과 함께 읽기, 쓰기 놀이와 작은 공연
을 하는 축제인데, 이 그림책 이름을
빌려 축제명을 짓게 됐다. 어느 가을
밤, 이곳에서 한 엄마가 아이들에게
"부-엉, 부우엉" 하며 이 책을 읽어
준 적이 있는데 정말 부엉이가 찾아
온 듯 아득했다. 이 땅의 아이들에게
그렇게 우리 삶을 전해오고, 또 그 아
이들이 제 아이들에게 이렇게 소리로
몸짓으로 우리 삶을 전할 것이라는
생각이 들어서다.

📖 《놀이터의 기적》/송현숙, 곽희양, 김
지원, 와글와글 놀이터, 경향신문/씨앗을
뿌리는사람

이 책은 놀이터를 잃은 아이들의 현
실과, 충분한 놀이 시간으로 행복해
진 아이들의 사례를 통해 아이들에
게 놀이가 얼마나 중요한지 이야기한
다. 놀이터는 아이들에게 기적을 일

으키는 공간이다. 놀이터와 도서관은
한 곳 차이라고 생각한다. 책을 읽고
노는 아이들을 보며 그 힘이 얼마나
큰지 깨닫곤 한다.

📖 《우리도 행복할 수 있을까》/오연
호/오마이북

저자가 1년 반 동안 덴마크를 심층 취
재해 행복의 비결을 분석한 책이다.
"행복을 찾아 돌고 돌았더니, 우리 마
당 나무에 행복이 있더라"라는 식이
아닌, 우리가 전혀 알지 못했고 우리가
반드시 배워야 할 행복의 새로운 정의
에 대해 알 수 있는 책이다.

나오며

책방이 자라나는 숲을 거닐다

책방에 대한 글을 쓴 지 꽤 되었다.

아벨서점을 찾은 것은 2년 전, 뜨거운 여름의 열기가 막 가실 무렵이었다.

정식으로 취재 요청을 하고 방문한 것은 처음이라 조금 긴장했던 기억이 난다. 빈손으로 가기가 머쓱해 배다리 마을 길목에 있는 허름한 슈퍼에서 과일 음료 한 박스를 샀다. 인터뷰는 어설펐고 서점 주인의 이야기를 듣는 것으로 대부분의 시간을 보냈다. 사방이 책으로 둘러싸인 곳에서, 삶의 중심을 책에 두고 살아온 사람의 이야기였다. 책을 들고 서점을 들락날락하는 사람들 사이에서 책방의 현실과 이상에 대해 그녀는 말했다. 방문자에 불과한 내게는 낯선 이야기였다. 유일하게 그녀와 내 생각이 맞닿아 있는 지점은 책의 존재에 관한 부분이었다. 책은 한 사람의 혼을 오롯이 불어 넣은 결정의 언어로 이루어져 있고, 책방은 살아 있는 책을 만날 수 있는 유일한 공간임을 그녀도 나도 알고 있었다. 책방 여행은 그렇게 시작됐다.

원고를 정리할 때도 책방에 대한 새로운 소식은 끊임없이 들려왔다. 시간이 흐를수록 책방의 풍경과 이를 바라보는 시선도 달라졌다. 장르에 구애받지 않는 새로운 서점이 불쑥 등장했고, 개성과 취향이 어우러진 책방은 환영받았다. 음악 전문 책방, 고양이와 관련된 책만 파는 서점, 책 맞춤형 향기를 파는 서점처럼 마니아를 위한 책방이 늘어났다. 도서관처럼 책을 빌려주는 책방이나 상담 후 책으로 심리 처방을 해주는 독특한 형태의 책방도 생겼다. 개인의 취향을 반영하고, 책을 매개체로 서로의 생각을 나누는 복합적인 형태의 서점은 앞으로 더 늘어날 것이다.

생각보다 좋은 책방이 우리 주변에 있었고, 그곳을 책을 사랑하는 사람과 공유하고 싶었다. 동시에 '책방만을 목적으로 하는 여행'이라는, 개인적으로 꿈꿔왔던 프로젝트를 실현하는 기회이기도 했다. 반면 생각만큼 뜻대로 되지 않은 것도 있었다. 책방을 찾고 선정하는 데 있어 고민이 많았다. 좋은 서점을 발견했지만 취재가 쉽지 않아 무산된 것이 아쉬움으로 남는다. 가장 마음에 걸리는 것은 서점의 현실적인 문제를 충분히 담지 못한 것이다. 자칫 '찾아가고 싶은 서점'이라는 책의 콘셉트에서 멀어질 수 있어서다. 내가 다녀왔던 책방은 대부분 책을 사랑하는 사람이 만든 공간이었다. 겨우 운영비 정도의 수익으로 책방을 이어가는 곳이 많았지만, 그럼에도 계속 이끌어갈 수 있는 것은 책과 서점에 대한 꿈과 애정 때문이었다. 책방은 한 사람만의 이익을 위해 존재하는 곳이 아니니만큼, 우리가 함께할 수 있는 일이 무엇인지 조금이라도 고민해볼 필요가 있다.

서점을 찾아 여러 이야기를 듣고 기록한 일은 결과적으로 즐거운 작업이었다. 팍팍한 세상살이에 책 읽을 여유가 없다는 이야기가 많이 나온다. 그렇지만 때론 책이 어려운 현실의 또 다른 돌파구가 되기도 한다. 더군다나 요즘은 책을 읽을 수 있는 환경을 제공하고 독서 가이드를 제시하는 책방도 늘어나고

있다. 이 책을 계기로 자신만의 반짝이는 책방을 발견하기를
바란다.

2017년 3월

윤정인

참고문헌

곽철완, 《도서관의 역사: 권력에 따른 도서관의 발달과 쇠퇴》(조은글터, 2012)

김경민, 《세상을 바꾼 질문들》(을유문화사, 2015)

남산도서관80년사편찬위원회, 《남산도서관80년사(1922~2002)》(남산도서관, 2002)

로더릭 케이브/새러 아야드, 《이것이 책이다: 100권의 책으로 본 책의 역사》(예경, 2015)

매튜 배틀스, 《도서관, 그 소란스러운 역사》(넥서스BOOKS, 2004)

박을미, 《서양음악사 100장면 1》(가람기획, 2001)

손주영, 《이집트역사 다이제스트100》(가람기획, 2009)

스튜어트 A. P. 머레이, 《도서관의 탄생》(예경, 2012)

시미즈 레이나, 《세상에서 가장 아름다운 서점》(학산문화사, 2013)

알레산드로 마르초 마뇨, 《책공장 베네치아: 16세기 책의 혁명과 지식의 탄생》(책세상, 2015)

알렉산더 페히만, 《사라진 책들의 도서관》(문학동네, 2008)

에른스트 곰브리치, 《서양미술사》(예경, 2003)

오카자키 다케시, 《장서의 괴로움》(정은문고, 2014)

이시바시 다케후미, 《서점은 죽지 않는다》(시대의창, 2013)

〈2014 경기도 도서관 정책 국외 연수 결과 보고〉(경기도청 교육 협력국, 2014)

〈2015 해외주요국 독서실태 및 독서문화진흥정책 사례연구〉(문화체육관광부, 2016)

책방 모음

골목 속 반짝이는 책공간
헌책방 및 동네서점

❶ 아벨서점
주소 인천시 동구 금곡로 5-1
연락처 032-766-9523
운영시간 월~토 10:00~19:00, 일 12:00
~19:00 (목 휴무)

🔲 **배다리 마을의 헌책방**

집현전
주소 인천시 동구 금곡로 3
연락처 032-773-7526

대창서림
주소 인천시 동구 금곡로 1
연락처 032-773-8737

삼성서림
주소 인천시 동구 금곡로 9-1
연락처 032-762-1424

한미서점
주소 인천시 동구 금곡로 7-1
연락처 032-773-8448
운영시간 10:00(11:00)~21:30
홈페이지 http://booknstory.blog.me

나비날다 책방
주소 인천 동구 송림로 8

❷ 헬로 인디북스
주소 서울시 마포구 동교로46길 33
운영시간 15:00~21:00 (화 휴무)
홈페이지 http://hello-indiebooks.
com

❸ 책방 이음
주소 서울시 종로구 대학로14길 12-1
연락처 02-766-9992
운영시간 수~토 11:00~22:00, 일~화
13:00~19:00
홈페이지 http://cafe.naver.com/eu-
martbook

🔲 **대학로에 있는 서점**

책방 풀무질
주소 서울시 종로구 성균관로 19
연락처 02-745-8891
운영시간 09:00~23:00 (토, 일 12:00~
21:00)
홈페이지 http://cafe.daum.net/pool-
moojil

동양서림
주소 서울시 종로구 창경궁로 271-1 (혜
화동 로터리)
연락처 02-762-0715

운영시간 월~금 09:30까지, 토 20:30까지 (일 휴무)

홈페이지 http://blog.naver.com/dil-ek_choi

❹ 땡스북스

주소 서울시 마포구 잔다리로 28 더갤러리 1층

연락처 02-325-0321

운영시간 12:00~21:30 (매월 마지막 주 월요일 휴무)

홈페이지 http://thanksbooks.com

🔖 마포구, 서대문구 동네책방

헌책방, 오래된 서점

공씨 책방

주소 서울시 서대문구 신촌로 51

연락처 02-336-3058

운영시간 10:30~21:30

정은서점

주소 서울시 서대문구 연희로 183 시아루비움 지하1층

연락처 02-323-3085

운영시간 13:00~19:00

홈페이지 http://www.jbstore.co.kr

숨어 있는 책

주소 서울시 마포구 신촌로12길 30

연락처 02-333-1041

홍익문고

주소 서울시 서대문구 연세로 2

연락처 02-392-2020

운영시간 09:00~21:00

홈페이지 http://cafe.naver.com/hongikbook

글벗서점

주소 서울시 마포구 신촌로 48

연락처 02-333-1382

독립출판서점

책방 만일

주소 서울시 마포구 희우정로 16길 46

연락처 070-4143-7928

운영시간 14:00~20:00 (일, 월 휴무)

페이스북 facebook.com/manilbooks

주제가 있는 서점, 북카페

온고당서점_패션, 디자인, 인테리어 관련 외국 서적 취급

주소 서울시 마포구 독막로 3길 28-17

연락처 02-332-9313

운영시간 11:00~21:00 (일, 월 휴무)

홈페이지 http://www.ongodangbook.co.kr

짐프리_여행 전문 독립출판서점
주소 서울시 마포구 양화로 156 LG팰리
스빌딩 지하2층 222호
연락처 02-322-1816
운영시간 09:00~23:00
홈페이지 http://www.zimfree.com

**정원이 있는 국민 책방_조경사가 꾸민 정
원이 있는 서점**
주소 서울시 마포구 와우산로22길 64
연락처 02-3141-5600
운영시간 10:30~22:30
페이스북 facebook.com/gardenbook-
cafe

**즐거운 작당_그래픽노블, 만화책을 볼 수
있는 북카페**
주소 서울시 마포구 독막로7길 23 대동빌
딩 지하1층
연락처 02-336-9086
운영시간 11:00~23:00
페이스북 facebook.com/happyjak-
dang

북바이북_맥주를 마시며 책을 읽는 서점
주소 서울시 마포구 월드컵북로44길 26-2
연락처 02-308-0831
운영시간 11:00~23:00 (토, 일 12:00~
20:00)
홈페이지 http://bookbybook.co.kr

책바_술과 함께 책을 즐기는 심야서점
주소 서울시 서대문구 연희맛로 24 1층
101호
연락처 02-6449-5858
운영시간 월~목 19:00~01:30, 금~토
19:00~03:00 (일 휴무)
홈페이지 http://www.chaegbar.com

베로니카 이펙트_그림책방
주소 서울시 마포구 어울마당로2길 10
연락처 02-6273-2748
운영시간 11:30~20:00 (일 휴무)
홈페이지 http://blog.naver.com/v_
effect

위트 앤 시니컬_시집 전문 서점
주소 서울시 서대문구 신촌역로 22-8 3층
연락처 070-7542-8972
운영시간 13:00~21:00 (월 휴무)
페이스북 facebook.com/witncynical

**밤의 서점_시와 소설과 심리서가 있는 낭
만 서점**
주소 서울시 서대문구 성산로 309-51
운영시간 14:00~21:00, 월 19:00~22:00,
수 12:00~21:00 (일 휴무)
인스타그램 instagram.com/librairie_
de_nuit

책방서로_한국 소설 전문 동네책방
주소 서울시 마포구 연남로11길 46 1층
운영시간 12:00~20:00 (월 휴무)

책방 모음

인스타그램 instagram.com/seoro-books

라이너노트_음악 전문 서점
주소 서울시 마포구 성미산로 29길 4 1층
연락처 02-337-9966
운영시간 화~금 12:00~19:00, 토
12:00~20:00, 일 12:00~18:00 (월 휴무)
페이스북 facebook.com/linernote.kr

사적인 서점_책 처방을 받을 수 있는 서점
주소 서울시 마포구 서강로9길 60 4층
연락처 010-4136-2285
운영시간 일~금 예약제 운영, 토(오픈데
이) 13:00~20:00
홈페이지 http://www.sajeokinbook-shop.com

탐구생활_책을 빌려주는 책방
주소 서울시 마포구 동교로 30길 21 203호
연락처 070-8956-1030
운영시간 13:00~20:00
홈페이지 http://chaegbang.com

❺ 인디고서원
주소 부산시 수영구 수영로 408번길 28
연락처 051-628-2897
운영시간 10:00~20:00 (월 휴무)
홈페이지 http://www.indigoground.net

부산의 가볼 만한 서점, 도서관

부산광역시립 시민도서관
주소 부산시 부산진구 월드컵대로 462
연락처 051-810-8200
홈페이지 http://www.siminlib.go.kr

영광도서
주소 부산시 부산진구 서면문화로 10
연락처 051-816-9500
운영시간 10:00~21:00
홈페이지 http://www.ykbook.com

문우당서점
주소 부산시 중구 구덕로 38
연락처 051-241-5555
운영시간 09:30~21:30
홈페이지 http://www.munbook.co.kr

백년어서원
주소 부산시 중구 대청로 135번길 5 2층
연락처 051-465-1915
운영시간 10:00~19:00 (일 휴무)
홈페이지 http://blog.naver.com/100_fish

샵메이커즈
주소 부산시 금정구 부산대학로64번길
120 1층
연락처 051-512-9906
운영시간 12:00~20:00 (월 휴무)
홈페이지 http://shopmakers.kr

❻ 이상한 나라의 헌책방
주소 서울시 은평구 서오릉로 18 2층
연락처 070-7698-8903
운영시간 수~토 15:00~23:00 (일~화 휴무)
홈페이지 http://www.2sangbook.com

❼ 진주문고
주소 경남 진주시 진양호로240번길 8
연락처 055-743-4123
운영시간 월~금 10:00~22:30 (토, 일 22:00까지)
페이스북 facebook.com/jinjubook

🔲 **진주에서 가볼 만한 서점**

소문난 서점
주소 경남 진주시 동진로 16
연락처 055-753-1238

형설서점
주소 경남 진주시 진주대로 1149-1
연락처 055-748-4785

❽ 헌책방 고구마
주소 경기도 화성시 팔탄면 월문길 84
연락처 031-8059-6096
운영시간 10:00~22:00
홈페이지 http://www.goguma.co.kr

❾ 최인아 책방
주소 서울시 강남구 선릉로 521 4층
연락처 02-2088-7330
운영시간 11:00~21:00 (토, 일 20:00까지)
페이스북 facebook.com/choiina-books

취향의 책방
한 분야에 특화된 전문
서점 및 도서관

❿ 미스터 버티고_문학 전문 서점
주소 경기도 고양시 일산동구 강송로73
번길 8-2
연락처 031-902-7837
운영시간 10:00~22:00
홈페이지 http://blog.naver.com/verti-
go70

📖 **일산의 가볼 만한 책방**

알모책방
주소 경기도 고양시 일산동구 정발산로
196번길 7-7
연락처 031-932-4808
운영시간 10:00~18:30 (월 휴무)
홈페이지 http://cafe.daum.net/almo-
book

한양문고
주소 (주엽점)경기도 고양시 일산서구 중
앙로 1388 태영플라자 지하1층
연락처 031-919-9511
운영시간 10:00~22:00
홈페이지 http://hanyangbooks.com

후곡문고
주소 경기도 고양시 일산서구 일산로 577

연락처 031-925-4300

**⓫ 매거진랜드_전 세계의 잡지를 볼 수 있
는 서점**
주소 서울시 마포구 잔다리로6길 17
연락처 02-3142-6460
운영시간 월~토 12:00~18:00 (일 휴무)
홈페이지 http://eyebook.co.kr

⓬ 추리문학관_추리소설 전문 도서관
주소 부산시 해운대구 달맞이길117번나
길 111
연락처 051-743-0480
운영시간 09:00~19:00 (2, 3층은 18:00까
지)
홈페이지 http://www.007spyhouse.
com

⓭ 포토박스_사진 전문 서점
주소 서울시 중구 퇴계로 163
연락처 02-2277-5971
운영시간 09:30~18:30
홈페이지 http://blog.naver.com/
p-box

📖 **사진, 디자인 서적을 다루는 가볼
만한 서점**

10 Corso Como(텐꼬르소꼬모)
주소 서울시 강남구 압구정로 416
연락처 02-3018-1010

운영시간 11:00~20:00
홈페이지 http://www.10corsocomo.
com

타셴책방
주소 서울시 종로구 대학로12길 38 3층
연락처 02-762-1522
운영시간 13:00~20:00
홈페이지 http://blog.naver.com/
taschenbook

스토리지북앤필름
주소 서울시 용산구 신흥로 115-1
연락처 070-5103-9975
운영시간 13:00~19:00
홈페이지 http://www.storagebook
andfilm.com

얄라북스
주소 서울시 종로구 성균관로3길 11 지하
1층
연락처 02-745-3330
운영시간 11:00~19:00 (토 12:00부터, 일
휴무)
홈페이지 http://www.studioyalla.com

집 앞 도서관으로 가자
진화하는 도서관

⓮ 남산도서관
주소 서울시 용산구 소월로 109
연락처 02-754-7338
운영시간 월~일 09:00부터 (각 열람실별
마감 시간 다름. 매월 첫째, 셋째 월요일 휴무)
홈페이지 http://nslib.sen.go.kr

남산도서관 근처 작은 서점

고요서사
주소 서울시 용산구 신흥로15길 18-4
102호
운영시간 14:00~21:00 (화 휴무)
홈페이지 http://blog.naver.com/
goyo_bookshop

별책부록
주소 서울시 용산구 신흥로22가길 8
운영시간 14:00~19:00 (월, 화 휴무)
블로그 http://www.byeolcheck.kr

⓯ 느티나무 도서관
주소 경기도 용인시 수지구 수풍로 116번
길22
연락처 031-262-3494
운영시간 화, 수, 금, 토 10:00~22:00 (일
13:00~18:00, 월: 집중업무로 도서관 서비스
없음, 목: 정기휴관일)

홈페이지 http://www.neutinamu.org

❶ 삼청공원 숲속도서관
주소 서울시 종로구 북촌로 134-3 (삼청
공원 내)
연락처 02-734-3900
운영시간 10:00~18:00 (월 휴무)
홈페이지 http://www.lib.jongno.go.kr

❼ 청운문학도서관
주소 서울시 종로구 자하문로36길 40
연락처 070-4680-4032~3
운영시간 10:00~19:00 (월 휴무)
홈페이지 http://lib.jongno.go.kr

📖 종로의 가볼 만한 서점, 도서관

더 북 소사이어티
주소 서울시 종로구 자하문로 10길 22 2
층
연락처 070-8621-5676
운영시간 월~금 13:00~20:00 (토, 일
19:00까지)
홈페이지 http://www.thebooksociety.
org

길담서원
주소 서울시 종로구 자하문로17길 12-9
연락처 02-730-9949
운영시간 12:00~21:00 (일 휴무)
홈페이지 http://cafe.naver.com/gil-
dam

정독도서관
주소 서울시 종로구 북촌로5길 48 정독도
서관
연락처 02-2011-5799
홈페이지 http://jdlib.sen.go.kr

고양이 책방 슈뢰딩거
주소 서울시 종로구 숭인동길 68
운영시간 15:00~21:00 (일, 월 휴무)
페이스북 facebook.com/catbookstore

베란다북스
주소 서울시 종로구 계동길 120
연락처 02-747-3742
운영시간 12:00~18:00 (일, 월 휴무)
홈페이지 http://verandabooks.co.kr

❽ 동대문구정보화도서관
주소 서울시 동대문구 회기로10길 60
연락처 02-960-1959
운영시간 09:00~22:00 (월 휴무)
홈페이지 http://www.l4d.or.kr/dd-
meach

❾ 국립세종도서관
주소 세종시 다솜3로 48
연락처 044-900-9114
운영시간 월~일 09:00~18:00 (매월 둘째,
넷째 월요일 휴관)
홈페이지 http://sejong.nl.go.kr

⑳ 가람도서관
주소 경기도 파주시 가람로 116번길 170
연락처 031-949-2552
운영시간 09:00~19:00 (토, 일 18:00까지,
월 휴무)
홈페이지 http://www.pajulib.or.kr/
grlib/index.aspx

신월디지털정보도서관
주소 서울시 양천구 오목로5길 34
연락처 02-2065-1260
운영시간 09:00~22:00 (토, 일 10:00~
18:00, 월 휴무)

**한국의 헤이온와이를 꿈꾼다
우리나라의 책마을**

㉑ 마리서사
주소 경북 안동시 와룡면 도곡리 315
홈페이지 http://blog.naver.com/
psishs0511

㉒ 농부네 텃밭도서관
주소 전남 광양시 진상면 청도길 19
연락처 061-772-5025
홈페이지 http://cafe.daum.net/nong-
buc

㉓ 책마을 해리
주소 전북 고창군 해리면 월봉성산길 88
해리초등학교라성분교
연락처 070-4175-0914
홈페이지 http://blog.naver.com/pb-
village

그 밖의 가볼 만한 책방들

미스터리 유니온

추리소설 전문 서점. 국내에서 출간되는 대부분의 추리소설을 구비해둔 서점이다. 매달 테마를 정해 소개하는 큐레이션 코너도 눈여겨볼 만하다. 추리소설 마니아에게는 더할 나위 없이 매력적인 서점이다.

주소 서울시 서대문구 이화여대길 88-11
연락처 02-6080-7040
운영시간 화~금 13:00~21:00, 토, 일 12:00~20:00 (월 휴무)

퇴근길 책한잔

독립출판물을 주로 판매한다. 책방 이름에서 짐작할 수 있듯이, 술을 파는 독특한 책방이기도 하다. 수시로 낭독회나 음악회, 전시회 등 흥미로운 행사와 모임이 열리고 있어, 책뿐만 아니라 문화를 즐길 수 있는 커뮤니티 공간이다.

주소 서울시 마포구 숭문길 206 1층
운영시간 화~금 14:00~22:00, 토 14:00 ~19:00 (일, 월 휴무)
홈페이지 http://blog.naver.com/booknpub

초원서점

음악 관련 서적을 주로 판매한다. 단순한 이론서가 아닌 음악가들의 수필집이나 잡지, 관련 소설 등 음악을 주제로 한 모든 책을 찾아볼 수 있다. 클래식한 서점 한쪽 에선 오래된 LP나 CD도 볼 수 있다. 책과 음악이 함께하는 초원음악회도 진행하고 있다.

주소 서울시 마포구 숭문16나길 9
연락처 02-702-5001
운영시간 13:00~21:00 (월, 화 휴무)
페이스북 facebook.com/pam-paspaspas

프레센트14

향과 책을 동시에 만날 수 있는 작은 서점. '향기 파는 책방'이라는 모토로 조향사 출신의 대표가 운영한다. 《그리스인 조르바》 《어린 왕자》 등 특정한 책들의 향을 직접 개발하고 있다.

주소 서울특별시 영등포구 양평로22라길 1 104동 105호
연락처 02-2679-1414
운영시간 11:00~23:00 (토, 일 12:00~21:00)
홈페이지 http://www.prescent14.com

대륙서점

30년 된 서점을 젊은 부부가 인수해 새롭게 단장했다. 독립서적을 주로 판매한다. 마을 커뮤니티를 위해 지역 관련 도서를 판매하고 다양한 행사를 운영한다. '책 사랑방'이라는 소개 문구가 어울리는 서점이다.

주소 서울시 동작구 성대로 40
운영시간 11:00~22:00
연락처 02-821-8878

홈페이지 http://blog.naver.com/dae-ruk_books

책방 피노키오

남녀노소 상관없이 누구나 볼 수 있는 그림책을 전문으로 다루는 서점. 해외 그림책도 구할 수 있다. 연남동에 자리하다 최근 경주로 이전해 새롭게 문을 열었다.

주소 경주시 포석로 1092번길 16

운영시간 화~수 15:00~21:00 목~일 12:00~18:00 (월 휴무)

홈페이지 http://blog.naver.com/pi-nokiobooks

트래블 라이브러리

여행서점 중 규모가 가장 크다. 지역별, 테마별로 전문성을 갖춘 4명의 글로벌 북 큐레이터가 약 1년간의 작업 끝에 엄선한 책들로 구성돼 있다. 다큐멘터리 전문 잡지 《내셔널 지오그래픽》 전권, 세계 최초이자 유일한 여행 지리 저널 《이마고 문디》 전권을 비치하는 등 구하기 어려운 전통 있는 책들을 볼 수 있다. '테마'와 '지역'이라는 두 가지 축을 중심으로 서가를 꾸렸다.

주소 서울시 강남구 선릉로152길 18

연락처 02-3485-5509

운영시간 화~토요일 12:00~21:00, 일요일 11:00~18:00 (매주 월 휴관)

홈페이지 http://library.hyundaicard.com/travel/index.hdc

※현대카드 회원 전용 (동반 1인 무료입장)

북티크

"어떻게 하면 사람들이 책과 가까워질 수 있을까?"라는 물음에서 출발한 복합문화공간이다. 독서 모임, 작가와의 만남 등의 행사와 새벽에 오롯이 책에만 집중할 수 있는 심야책방을 운영 중이다.

주소 (논현점)서울시 강남구 학동로 105 지하1층, (서교점)서울시 마포구 잔다리로 88

연락처 02-6204-4774

운영시간 09:00~22:00 (토, 일 10:00~20:00)

홈페이지 http://www.booktique.kr

책들이 머무는 공간으로의 여행

1판 1쇄 펴냄 2017년 3월 29일
1판 2쇄 펴냄 2017년 10월 16일

지은이 윤정인
그린이 이부록
펴낸이 정혜인 안지미
책임편집 최장욱
디자인 한승연
제작처 공간

펴낸곳 알마 출판사
출판등록 2006년 6월 22일 제406-2006-000044호
주소 우. 03990 서울시 마포구 연남로 1길 8, 4~5층
전화 02.324.3800 판매 02.324.2845 편집
전송 02.324.1144

전자우편 alma@almabook.com
페이스북 /almabooks
트위터 @alma_books
인스타그램 @alma_books

ISBN 979-11-5992-105-6 03810

이 도서의 국립중앙도서관 출판시도서목록CIP은 서지정보유통지원시스템 홈페이지
http://seoji.nl.go.kr와 국가자료공동목록시스템ttp://www.nl.go.kr/kolisnet에서
이용하실 수 있습니다. CIP제어번호: 2017006590

알마는 아이쿱생협과 더불어 협동조합의 가치를 실천하는 출판사입니다.
살아 숨 쉬는 인문 교양을 중심으로 새로운 감각을 일깨우며
오늘의 사회를 읽는 책을 펴냅니다.

이 책은 아리따 글꼴을 사용하여 디자인 되었습니다
종이 표지_비비칼라 230g/㎡ 본문_전주 그린라이트 80g/㎡